CHRISTIAN BOURGOIS ÉDITEUR
8, rue Garancière - Paris VI^e

*Du même auteur*
*dans la collection 10/18*

LA DOUCE COLOMBE EST MORTE, n° 2051
UN BRIN DE VERDURE, n° 2052

# QUATUOR D'AUTOMNE

PAR

BARBARA PYM

Traduit de l'anglais
par Martine Bequié
avec la collaboration
d'Anne-Marie Augustyniak

10|18

*Série « Domaine Étranger »*
*dirigée par Jean-Claude Zylberstein*

CHRISTIAN BOURGOIS ÉDITEUR

Titre original:
*Quartet in Autumn*


ISBN-2-264-01365-6

# I

Ce jour-là, bien qu'à des heures différentes, ils allèrent tous les quatre à la bibliothèque. Le bibliothécaire, s'il les avait seulement remarqués, leur aurait trouvé un air de famille. Eux le remarquèrent chacun à leur tour, avec ses cheveux blonds qui lui arrivaient jusqu'aux épaules. Cette longue chevelure exubérante, assez déplacée faut-il dire, étant donné la nature du travail et les circonstances, leur inspira des jugements peu flatteurs, mais c'était sans doute qu'ils avaient piètre opinion de leur propre coiffure. Edwin, qui commençait à se dégarnir et à grisonner, avait adopté une coupe très courte – « même les messieurs d'un certain âge ont les cheveux plus longs de nos jours », lui avait dit son coiffeur – mais elle était facile à entretenir et Edwin la trouvait plutôt seyante pour un homme qui venait de franchir le cap de la soixantaine. Norman, lui, avait toujours eu des cheveux « rebelles », grossiers, hérissés, et maintenant gris acier, qui, dans sa jeunesse, s'étaient obstinément refusés à s'aplatir sur le sommet du crâne et de chaque côté de la raie. Il avait aujourd'hui résolu le problème en optant pour un style médiéval (coupe au bol) assez proche de la *crewcut* américaine des années quarante et cinquante. Les deux femmes, Letty et Marcia, avaient des cheveux aussi différents l'une de l'autre qu'il était possible de l'imaginer vers dix-neuf cent soixante-dix, époque où la plupart des femmes de plus de soixante ans allaient régulièrement chez le coiffeur faire entretenir leurs boucles blanches, grises, ou teintes en roux. Les cheveux châtain clair de Letty, qu'elle portait plutôt trop longs, avaient perdu leur éclat et n'avaient pas plus de volume et de tenue que ceux d'Edwin. Les gens disaient quelquefois – moins souvent maintenant, c'est vrai – qu'elle avait bien de la chance de n'avoir pas blanchi, mais Letty n'ignorait pas que des cheveux blancs étaient apparus çà et là parmi les autres, et que bien des femmes à sa place n'auraient pas hésité à faire faire un « shampoing colorant ». Les cheveux de Marcia, courts, raides, sans vie, d'un châtain foncé cruel, avaient subi le traitement impitoyable d'une bouteille du placard de la salle de bains, dont Marcia se servait depuis qu'elle avait remarqué ses premiers cheveux blancs quelque trente ans plus tôt. S'il existait aujourd'hui des manières moins agressives et plus seyantes de se teindre les cheveux, elle n'en avait pas connaissance.

Maintenant, à l'heure du déjeuner, chacun vaquait à ses occupations dans la bibliothèque. Edwin utilisa l'annuaire clérical Crockford et dut aussi consulter le *Who's who* et même le *Who was who,* car il avait entrepris des recherches sérieuses sur les antécédents et les qualifications d'un certain pasteur qui avait récemment reçu le bénéfice d'une paroisse qu'il fréquentait à l'occasion. Norman n'était pas venu à la bibliothèque dans un but littéraire, car il ne lisait pas beaucoup, mais c'était un bon endroit pour s'asseoir et un peu plus proche que le British Museum où il se réfugiait à l'occasion, à l'heure du déjeuner. Pour Marcia aussi, la bibliothèque était un bon endroit, chaud, gratuit, pas trop loin du bureau, où il était possible de s'installer si l'on voulait changer de cadre en hiver. On pouvait aussi y rassembler des imprimés et des brochures destinés à informer les personnes âgées sur les possibilités que leur offrait la circonscription de Camden. Maintenant qu'elle avait soixante ans, Marcia ne manquait pas une occasion de se renseigner sur ses droits en matière de voyages en car, repas à prix réduit ou bon marché, coiffure et pédicure, même si elle ne se servait jamais de ces informations. La bibliothèque était aussi un endroit pratique pour se défaire des objets inutiles que l'on ne pouvait pas, à son avis, faire entrer dans la catégorie des ordures destinées à la poubelle. Y figuraient certains types de bouteilles, à l'exception des bouteilles de lait qu'elle gardait dans une remise du jardin, certaines boîtes, des sacs en papier, et divers autres objets inclassables qu'on pouvait laisser dans un coin de la bibliothèque quand personne ne regardait. L'une des bibliothécaires avait l'œil sur Marcia, mais elle n'en eut pas conscience au moment où elle déposa une piteuse boîte écossaise en carton, qui avait contenu des biscuits à la farine d'avoine « Killikrankie », dans un petit espace bien commode sur l'une des étagères consacrées à la fiction.

De tous les quatre, Letty était la seule à utiliser la bibliothèque pour son propre plaisir et dans le but éventuel de s'instruire. Elle n'avait jamais rougi de lire des romans, mais si elle espérait au début en trouver un qui décrivît le genre de vie qu'elle menait, elle avait fini par se rendre compte que la situation d'une femme célibataire, sans attache et vieillissante, n'offre pas le moindre intérêt pour les auteurs modernes. Bien loin était l'époque où elle notait avec espoir sur son carnet « Les livres que j'aime » les titres des romans dont elle lisait les critiques dans les journaux du dimanche, et un changement s'était maintenant opéré dans ses habitudes de lectrice. Faute de trouver ce qu'elle cherchait dans les ouvrages « romanesques », Letty s'était tournée vers les biographies qui, elles, ne manquaient pas. Et comme elles étaient « vraies », elles étaient nécessairement supérieures à la fiction. Pas supérieures à Jane Austen ou Tolstoï, qu'elle n'avait de toute façon pas lus, mais elles valaient certainement « la peine », plus que les œuvres d'un quelconque romancier moderne.

Peut-être parce qu'elle était la seule des quatre à aimer la lecture, Letty était aussi la seule à quitter le bureau pour aller déjeuner. Le restaurant qu'elle fréquentait habituellement s'appelait *le Rendez-vous,* mais il n'avait rien d'un lieu de rencontres romantiques. Les gens qui travaillaient dans les bureaux voisins s'y pressaient entre midi et deux heures, prenaient leur repas aussi rapidement que possible, et se dépêchaient de partir. Ce jour-là Letty s'était assise à une table où un homme était déjà installé. Il lui avait tendu le menu avec un bref regard hostile, puis on lui avait apporté son café, il l'avait bu, avait laissé 5 p pour la serveuse, et s'était levé. Sa place fut prise par une femme qui se mit à étudier le menu avec application. Elle leva les yeux, prête sans doute à risquer une remarque sur la hausse des prix, son regard bleu pâle dérouté par la TVA. Puis, découragée par l'absence de réaction de Letty, elle baissa la tête, se décida pour des macaronis au gratin avec des frites et un verre d'eau. Le moment était passé.

Letty ramassa l'addition et se leva de table.

Malgré son apparente indifférence, elle avait remarqué ce qui s'était passé. On lui avait fait des avances. Les deux femmes auraient pu se parler et un lien se serait noué entre deux personnes solitaires. Mais l'autre femme, à présent occupée à calmer sa faim, n'avait plus d'yeux que pour ses macaronis. Il était trop tard pour tenter un geste quelconque. Une fois de plus, Letty avait raté une occasion de faire connaissance.

De retour au bureau, Edwin, qui aimait les douceurs, décapita d'un coup de dent un jellybaby noir [1]. Il n'y avait rien de raciste dans son action ou dans son choix, c'était simplement qu'il préférait le fort goût de réglisse des « babies » noirs aux parfums orange, citron ou framboise des autres qu'il trouvait plus insipides. Mastiquer cette gomme constituait le dessert de son repas de midi qu'il prenait généralement à son bureau parmi les papiers et les fiches.

Quand Letty entra dans la pièce, il lui proposa le sachet de jellybabies, mais ce n'était qu'un geste rituel et il savait bien qu'elle n'en prendrait pas. Manger des bonbons, c'était se laisser aller, et même si elle avait maintenant dépassé la soixantaine, il n'y avait pas de raison pour qu'elle ne conservât pas une silhouette mince et soignée.

Les autres occupants de la pièce, Norman et Marcia, mangeaient aussi. Norman avait une cuisse de poulet et Marcia un sandwich débordant de feuilles de salade et de tranches de tomate luisantes. Par terre sur un dessous de plat, la bouilloire électrique soufflait de la vapeur. Quelqu'un l'avait mise en route et avait oublié de la débrancher.

Norman enveloppa son os et le déposa délicatement dans la corbeille à papiers. Edwin plaça avec

1. Petit bonbon à la gomme.

soin un sachet de thé Earl Grey dans sa tasse et y versa de l'eau bouillante. Puis il y ajouta une tranche de citron qu'il gardait dans une petite boîte ronde en plastique. Marcia ouvrit un pot de café soluble et prépara deux tasses, pour elle et Norman. Il n'y avait pas de signification particulière à ce geste – ils avaient simplement pensé que ce serait plus commode. Ils aimaient tous les deux le café et il était plus économique d'en acheter un gros pot et de le partager. Letty, qui n'avait pas mangé au bureau, ne se fit pas de boisson chaude; elle alla dans les vestiaires chercher un verre d'eau qu'elle posa sur sa table, sur un napperon de raphia coloré fait à la main. Elle avait recouvert de plantes grimpantes le rebord de la fenêtre près de laquelle elle travaillait, de ces plantes qui prolifèrent en donnant de minuscules rejets qu'on repique ensuite pour obtenir de nouvelles plantes. « Elle aimait la Nature, et après la Nature, l'Art » avait un jour récité Edwin, poursuivant jusqu'aux vers qui disaient « qu'elle s'était réchauffé les mains au feu de la vie » – pas de trop près, bien sûr. Maintenant ce feu déclinait, pour eux tous, mais était-elle, étaient-ils prêts à prendre congé?

Norman, qui tournait les pages de son journal, devait avoir aussi dans son subconscient des pensées de cet ordre.

– Hypothermie, il prononça le mot lentement. Encore une personne trouvée morte. Nous devons faire attention de ne pas contracter une hypothermie.

– Ce n'est pas quelque chose qu'on contracte, dit Marcia avec hauteur. Pas comme une maladie contagieuse.

– Mais, si on vous trouvait morte de ça, comme cette vieille femme, on pourrait dire que vous l'avez contractée, non? dit Norman, défendant la pertinence de sa phrase.

La main de Letty se posa sur le radiateur et s'y attarda.

– C'est un état ou une condition, je crois, dit-elle, où le corps se refroidit, perd de la chaleur, je ne sais pas...

– Dans ce cas, c'est une chose que nous avons en commun, déclara Norman, de sa petite voix sèche en parfaite harmonie avec son corps étriqué. L'éventualité d'être trouvés morts d'hypothermie.

Marcia sourit et vérifia du bout des doigts la présence dans son sac d'un imprimé, un papier qu'elle avait trouvé à la bibliothèque ce matin-là. Il y était question des allocations de chauffage supplémentaires accordées aux personnes âgées – mais elle garda le renseignement pour elle.

– Vous n'êtes pas drôles, protesta Edwin, mais il y a du vrai. Quatre personnes sur le point de partir à la retraite, qui vivent seules, et qui n'ont pas de famille à proximité – c'est bien nous.

Letty murmura quelque chose, comme si elle répugnait à accepter cette classification. Et pourtant, c'était indéniablement vrai – ils vivaient seuls tous les quatre. Bizarrement, ils en avaient déjà parlé plus tôt dans la matinée quand quelque chose, également dans le journal de Norman, leur avait rappelé que la Fête des Mères approchait, avec les magasins remplis de cadeaux de circonstances et les fleurs tout à coup plus chères. Non pas qu'ils achetassent jamais de fleurs, mais cette hausse fut l'occasion de remarques et de commentaires. Pourtant, cette situation pouvait difficilement affecter des personnes trop âgées pour avoir une mère encore vivante. Oui, c'était parfois étrange de penser que chacun d'entre eux avait, un jour, eu une mère.

Celle d'Edwin avait vécu jusqu'à un âge respectable – soixante-quinze ans – puis était morte à la suite d'une brève maladie sans créer de problèmes à son fils. Il n'y avait pas si longtemps que la mère de Marcia était morte, dans la maison de banlieue où Marcia vivait maintenant seule; elle était morte dans la chambre de devant au premier étage, le vieux chat Snowy à ses côtés. Elle avait quatre-vingt neuf ans, ce que d'aucuns estimeraient être un grand âge, mais il n'y avait là rien de merveilleux ou même de très remarquable. La mère de Letty était morte à la fin de la guerre, puis son père s'était remarié. Peu de temps après, son père était mort et sa belle-mère avait rapidement trouvé un autre mari, si bien que Letty n'avait plus de lien avec la ville de l'ouest où elle était née et avait grandi. Elle gardait de sa mère des images sentimentales et quelque peu déformées, la revoyait faisant le tour du jardin, occupée à couper les fleurs mortes, dans une robe d'un tissu vaporeux. Seul Norman n'avait jamais connu sa mère – « Jamais eu de maman », disait-il de son ton amer et sardonique. Lui et sa sœur avaient été élevés par une tante, et pourtant c'était lui qui protestait avec le plus de véhémence contre la commercialisation de ce qui à l'origine avait été la vieille coutume campagnarde du dimanche de la Mi-carême.

– Évidemment, vous, vous avez votre église, dit Norman, s'adressant à Edwin.

– Et puis, il y a le père Gellibrand, ajouta Marcia, car ils avaient tant entendu parler du Père G., comme l'appelait Edwin, et ils enviaient à Edwin le cadre rassurant de l'église proche de Clapham Common dont il était maître de cérémonies (notion bien vague) et où il faisait partie du conseil paroissial (le PCC). Edwin n'avait rien à craindre, car même s'il était veuf et s'il vivait seul, il avait une fille mariée qui habitait Beckenham, et il ne faisait pas de doute qu'elle veillerait à ce qu'on ne trouve pas son père mort d'hypothermie.

– Oh, oui, le Père G., quel soutien! reconnut Edwin, mais après tout l'église était ouverte à tous. Il ne comprenait pas pourquoi ni Letty ni Marcia ne semblaient aller à l'église. C'était plus clair dans le cas de Norman.

La porte s'ouvrit et une jeune Noire, provocante, effrontée, éclatante de santé, entra dans la pièce.

– Du courrier à poster? demanda-t-elle.

Ils voyaient bien quel regard elle portait sur eux; Edwin devait lui paraître gros et chauve, avec un visage trop rose; Norman, petit et sec avec ses cheveux gris hérissés; Marcia et son allure bizarre; Letty, terne et fanée, très banlieusarde, mais s'obstinant à faire un effort pour s'habiller.

– Du courrier? Edwin fut le premier à parler, répétant la question. C'est un peu tôt, Eulalia. On n'a pas à ramasser le courrier avant trois heures et demie, et il est maintenant – il consulta sa montre – deux heures quarante-deux précisément.

Quand la fille fut partie, vaincue, il ironisa :

– Elle a tenté sa chance.

– Oui, elle espère toujours partir plus tôt, cette petite paresseuse, dit Norman.

Marcia ferma les yeux avec lassitude quand Norman entama son couplet sur « les Noirs ». Letty essaya de changer de sujet, car elle éprouvait de la gêne à critiquer Eulalia ou à se rendre coupable de malveillance à l'égard des gens de couleur. Pourtant cette fille était agaçante et avait besoin d'être mise au pas, même s'il ne faisait pas de doute que son exubérante vitalité avait de quoi perturber, surtout une femme âgée qui par contraste se sentait plus grise que jamais, écrasée et desséchée par le pauvre soleil britannique.

Le thé arriva enfin, et juste avant cinq heures les deux hommes mirent de l'ordre dans leurs papiers et sortirent de la pièce ensemble, pour se séparer à la porte du bâtiment. Edwin s'engagea vers la Northern line en direction de Clapham Common, et Norman vers la Bakerloo en direction de Kilburn Park.

Letty et Marcia mettaient moins de hâte à ranger. Elles ne parlèrent pas des deux hommes, pas le moindre cancan à leur sujet : ils faisaient partie des meubles du bureau et ne méritaient pas de nourrir une conversation, à moins d'avoir fait quelque chose d'étonnamment peu conforme à leur nature. Dehors, les pigeons sur le toit se donnaient des coups de bec, sans doute pour s'enlever des insectes. C'est peut-être tout ce que nous pouvons les uns pour les autres, nous les humains, pensa Letty. Personne n'ignorait que Marcia avait récemment subi une opération sérieuse. Elle n'était pas une vraie femme; on lui avait enlevé une partie vitale d'elle-même, mais on ne savait généralement pas si c'était le sein ou l'utérus. Marcia pour sa part s'était contentée de dire qu'il s'agissait d'une « intervention chirurgicale majeure ». Mais Letty, elle, savait qu'on avait pratiqué l'ablation d'un sein, même si elle ne pouvait pas dire lequel. Edwin et Norman s'étaient posé bien des questions et en avaient discuté entre hommes; ils trouvaient que Marcia aurait dû leur en parler dans la mesure où ils travaillaient tous ensemble si près les uns des autres. Ils avaient été bien obligés de conclure que l'opération l'avait rendue encore plus bizarre qu'elle ne l'était déjà.

Dans le passé, Letty et Marcia auraient pu toutes deux aimer et être aimées, mais maintenant, ce sentiment qui aurait dû s'adresser à un mari, un amant, un enfant, ou même un petit enfant, ne trouvait pas à s'exprimer; elles n'avaient pas de chat, de chien, d'oiseau même pour partager leur vie, et ni Edwin ni Norman n'avaient inspiré de l'amour. Marcia avait eu un chat, mais le vieux Snowy était mort depuis longtemps, il « avait passé », avait été « emporté », comme on voudra. Dans de telles circonstances, il arrive que les femmes éprouvent les unes pour les autres une tendresse de tous les jours, qui s'exprime par de petits gestes de sollicitude, un peu comme les pigeons qui se débarrassent mutuellement des insectes. Marcia, si elle avait besoin d'un tel exécutoire, était incapable d'exprimer son désir. C'était Letty qui disait : « Vous avez l'air fatigué – si je vous faisais une tasse de thé? » Et si Marcia refusait, elle continuait : « J'espère que votre train ne sera pas trop bondé, que vous aurez une place assise – ça devrait aller mieux maintenant, il est presque six heures. » Elle essayait de lui sourire, mais quand elle regardait Marcia, elle voyait ses yeux noirs formidablement grossis derrière ses lunettes, comme les yeux de quelque animal nocturne, un grimpeur sans doute, dans le genre maki ou kinkajou... Marcia regardait sèchement Letty et pensait, elle n'a pas inventé la poudre, mais elle n'est pas méchante, même si elle ne sait pas toujours se tenir à sa place.

Installé dans le train de la Bakerloo line qui filait vers le nord, direction Stanmore, Norman allait rendre visite à son beau-frère à l'hôpital. Maintenant que sa sœur était morte, plus rien de concret ne le liait à Ken, et Norman se sentait agréablement vertueux en allant le voir. Il n'avait personne, pensait-il, car son seul enfant avait émigré en Nouvelle-Zélande. En réalité, Ken avait bien quelqu'un, une amie qu'il avait l'intention d'épouser, mais elle ne lui rendait pas visite le même jour que Norman. « Laissons-le venir seul », s'étaient-ils dit, « car, après tout, il n'a personne, et ça lui fera un peu de compagnie ».

Norman n'avait jamais été hospitalisé lui-même, mais Marcia avait souvent évoqué ce qu'elle avait vécu; elle avait surtout parlé de Mr Strong, le chirurgien qui l'avait opérée. Non que l'expérience de Ken pût être comparée à la sienne, mais cela permettait de se faire une idée. Prêt à s'engouffrer avec les autres par la porte battante, Norman attendait l'heure pour entrer dans le service. Il n'avait pas apporté de fleurs ou de fruits, car il était implicite qu'on ne lui demandait rien d'autre que d'être là. Ken non plus n'était pas un grand passionné de lecture, même s'il était content de jeter un coup d'œil sur l'*Evening Standard* de Norman. Il exerçait la profession d'inspecteur des permis de conduire, et il ne devait pas son séjour actuel à l'hôpital aux extravagances d'une candidate d'âge mûr, comme on le laissait entendre en plaisantant dans le service, mais à un ulcère au duodénum provoqué par les inévitables tracasseries de la vie en général, auxquelles les tensions de son travail avaient certainement dû contribuer.

Norman s'assit à côté du lit, détournant les yeux des autres malades. Ken lui sembla un peu abattu peut-être, mais les hommes n'étaient pas à leur avantage dans un lit. Il y avait quelque chose de très rebutant dans le pyjama de l'homme ordinaire. Les dames faisaient plus d'efforts avec leurs chemises de nuit pastel et leurs liseuses à volants. Norman en avait aperçu en passant devant le service des femmes quand il était monté. Outre la carafe en plastique et le verre réglementaires, il n'y avait sur la table de chevet qu'un paquet de mouchoirs en papier et une bouteille de limonade, mais dans un renfoncement au-dessous, Norman aperçut une cuvette en métal pour vomir et un « vase » de forme curieuse dans une matière grise rappelant le carton, dont il soupçonnait le rapport avec les problèmes urinaires – ou de pipi, comme il disait. La vue de ces objets à demi dissimulés le mit mal à l'aise, il se sentait amer, il ne savait plus exactement quoi dire à son beau-frère.

– Ça a l'air calme ce soir, remarqua-t-il.

– La télé est en panne.

– Oh, c'était donc ça! Il me semblait bien que quelque chose avait changé. Norman porta son regard sur la table au centre de la pièce où se trouvait le gros récepteur, maintenant gris et silencieux comme les malades dans leur lit. On aurait dû le couvrir d'un tissu, ne serait-ce que par décence.

– Quand cela est-il arrivé?

– Hier, et ils n'ont rien fait. Ce serait pourtant la moindre des choses, tu ne crois pas?

– Eh bien, tu auras plus de temps pour penser, dit Norman, se voulant sarcastique, peut-être un peu cruel, car quelles pensées pouvait bien avoir Ken qui fussent plus intéressantes que la télé? Il ne pouvait pas deviner que Ken avait effectivement des pensées, des rêves mêmes. Cette auto-école que lui et son amie projetaient de monter ensemble, il était là à chercher quel nom lui donner – par exemple « Confiance » ou « Excelsior » feraient tout à fait l'affaire, puis soudain le mot « Dauphin » s'imposa à lui, et il eut la vision d'un flot de voitures, bleu turquoise ou jaune d'or, décrivant un cercle harmonieux sur le périphérique nord sans jamais caler comme cela arrive si souvent aux débutants. Il pensa aussi à la voiture qu'ils choisiraient – pas une marque étrangère et pas de moteur à l'arrière – cela lui semblait contre nature, comme une montre au cadran carré. Il ne pouvait rien dévoiler de tout cela à Norman qui n'aimait pas les voitures et ne savait même pas conduire. Ken avait toujours éprouvé pour lui une espèce de mépris plein de pitié, il était si peu viril, et puis il travaillait comme employé de bureau avec des femmes d'âge mûr.

Ils étaient là, ne se disant presque rien, et ils furent tous deux soulagés quand la sonnerie retentit et que la visite fut terminée.

– Tu n'as besoin de rien? demanda Norman, brûlant maintenant de partir.

– Le thé est trop fort.

– Oh! fit Norman tout désemparé. Comme s'il pouvait intervenir dans un cas pareil! Qu'attendait donc Ken? « Tu ne pourrais pas demander à la sœur ou à l'une des infirmières de le faire moins fort ou d'y ajouter du lait? »

– On sentirait quand même qu'il est trop fort, il est fort, un point c'est tout, tu comprends? De toute façon, je ne pourrais pas demander à la sœur ou à une infirmière, ce n'est pas leur travail.

– Eh bien, la dame qui fait le thé, alors.

– Qu'on m'y prenne! dit Ken obscurément. En tout cas, du thé trop fort, ça n'est vraiment pas conseillé avec ce que j'ai.

Norman se secoua comme un petit chien hargneux. Il n'était pas venu ici pour se trouver impliqué dans ce genre de situation, et il se laissa chasser par une infirmière irlandaise autoritaire et brutale, sans le moindre regard en arrière pour le malade dans son lit.

Dehors, sa mauvaise humeur s'accrut, les voitures qui défilaient à toute allure l'empêchaient de traverser la chaussée jusqu'à son arrêt de bus. Puis il dut attendre un long moment, et quand il arriva à la place où il habitait, il y trouva d'autres voitures, garées côte à côte, gênant le passage. Certaines étaients si grosses que leur arrière-train (croupe, postérieur et tout le reste) mordait sur le trottoir, et il dut faire un écart pour les éviter.

– Merde, marmonna-t-il, décochant à l'une d'elles un petit coup de pied inefficace. Merde, merde, merde.

Personne ne l'entendit. Les amandiers étaient en fleur, mais il ne les vit pas, et il n'eut pas conscience de leur beauté dans la lumière du réverbère. Il passa la porte d'entrée et pénétra dans sa chambre meublée. La soirée l'avait épuisé, et il n'avait même pas le sentiment d'avoir vraiment fait du bien à Ken.

La soirée d'Edwin avait été beaucoup plus satisfaisante. Le nombre des fidèles à la messe chantée ne sortait pas de l'ordinaire d'un jour de semaine – sept personnes seulement dans la nef, complétées par celles qui avaient leur place dans le chœur. Après le service, lui et le Père G. étaient allés au pub boire un verre. Ils avaient parlé des affaires de l'église – fallait-il commander une marque d'encens plus fort maintenant que le Rosa Mystica était presque épuisé – devait-on laisser les jeunes organiser de temps en temps la messe du dimanche soir avec leurs guitares et tout ce qui s'ensuit – quelle serait la réaction des fidèles si le Père G. essayait d'introduire Series Three [1]?

– Rester toujours debout pour prier, dit Edwin. Ça ne plaira pas.

– Mais, le baiser de paix – se tourner vers son

1. Troisième étape de la modernisation du rituel de l'Église anglicane.

voisin avec un geste amical, c'est quand même... Le Père G. allait dire « une bien belle idée », mais étant donné ce qu'étaient ses fidèles, l'expression n'était peut-être pas appropriée.

Edwin pensait au peu de monde qu'il avait vu à la messe ce soir-là, et il eut lui aussi des doutes – pas plus de six ou sept personnes disséminées parmi les bancs déserts, dont aucune n'avait de voisin vers qui se tourner – mais il était trop bon pour gâcher la vision qu'avait le Père G. d'une multitude de fidèles. Il pensait souvent avec regret au renouveau anglo-catholique du siècle dernier, et même au climat plus chaleureux d'il y a vingt ans, alors le Père G., grand homme décharné en camail et barrette, aurait sans doute été plus à sa place que dans cette église des années soixante-dix où tant de jeunes prêtres avaient adopté les jeans et les cheveux longs. Il y en avait un au pub ce soir-là. Le cœur d'Edwin se serra quand il imagina ce que devaient être les offices dans son église.

– Je crois qu'on pourrait peut-être laisser la messe du soir telle qu'elle est, dit-il, en pensant dramatiquement « sinon il faudra me passer sur le corps ». Il se voyait déjà piétiné par une horde de garçons et de filles brandissant des guitares.

Ils se séparèrent devant la coquette maison d'Edwin, dans une rue proche du parc. Debout dans le hall près du porte-chapeaux, Edwin se rappela sa femme Phyllis. C'était ce moment d'attente devant la porte du salon, juste avant d'entrer, qui lui avait fait penser à elle. Il entendait presque sa voix, un peu querelleuse, lui demander : C'est toi, Edwin? Comme s'il pouvait s'agir de quelqu'un d'autre! Maintenant, il avait toute la liberté qui vient avec la solitude – il pouvait aller à l'église aussi souvent qu'il le désirait, assister à des réunions qui duraient toute la soirée, entasser des affaires pour les ventes dans la pièce de derrière et les y laisser pendant des mois. Il pouvait aller au pub ou au presbytère et y rester jusqu'à n'importe quelle heure.

Edwin monta se coucher en fredonnant un de ses hymnes favoris, « Ô Créateur béni de la lumière ». Ce n'était pas commode, le plain-chant, et les efforts qu'il faisait pour chanter juste le rendaient moins attentif aux paroles. De toute manière, ce serait aller un peu loin que de considérer les fidèles de ce soir comme des gens « plongés dans le péché et submergés par la discorde », comme le disait un passage de l'hymne. Les gens aujourd'hui ne supporteraient pas ce genre de discours. C'était peut-être la raison pour laquelle si peu d'entre eux allaient à l'église.

## II

Il arrivait bien souvent maintenant que la vie rappelât à Letty qu'elle devait un jour mourir, ou pour voir les choses en face, qu'elle allait parcourir les différentes étapes vers la mort. Moins explicites que les notices nécrologiques du *Times* et du *Telegraph*, il y avait toutes les choses qui lui tombaient sous les yeux et qui la « rendaient malade ». Par exemple, le matin même, dans le métro, une femme effondrée sur son siège, alors que la foule pressée des heures de pointe défilait devant elle, lui avait tellement rappelé une ancienne camarade de classe qu'elle s'était forcée à la regarder une seconde fois, tournant la tête, pour être tout à fait sûre qu'il ne s'agissait *pas* de Janet Belling. Il semblait que non, mais ç'aurait pu être elle, et même si ce n'était pas elle, c'était tout de même quelqu'un, une femme qui avait été réduite à de telles extrémités qu'elle en était arrivée là. Devait-on faire quelque chose? Pendant que Letty hésitait, une jeune femme, dans une longue jupe noire poussiéreuse et des bottes minables, se pencha vers la silhouette affaissée et l'interrogea doucement. La personne se redressa sur-le-champ et hurla d'une voix redoutablement débridée « Va te faire foutre! » Non, ça ne pouvait pas être Janet Belling, pensa Letty, d'abord soulagée; Janet n'aurait jamais employé une telle expression. Mais il y a cinquante ans, personne ne le faisait – les choses étaient différentes maintenant, on ne pouvait donc pas s'y fier. Entre-temps, la fille s'éloigna avec dignité. Elle avait eu plus de courage que Letty.

Ce matin-là était un jour de quête. L'attention de Marcia fut attirée par une jeune femme qui se tenait devant la gare avec son plateau et sa boîte pleine de pièces. Il semblait s'agir du cancer. Marcia avança, paisiblement triomphante, une pièce de 10 p à la main.

La fille souriait, tenant son petit drapeau en forme de bouclier prêt à transpercer le revers du manteau de Marcia.

– Merci, dit-elle, quand la pièce tinta au fond de la boîte.

– C'est une *très* bonne cause, murmura Marcia, et elle m'est très chère. Vous comprenez, moi aussi j'ai...

La fille s'impatientait, son visage se refermait, mais, comme Letty, elle était fascinée par les yeux de Marcia, ces prunelles de lémurien derrière les épaisses lunettes. Et voici que des jeunes gens pleins d'avenir qu'on aurait pu persuader d'acheter des insignes entraient furtivement dans la gare, feignant d'être pressés.

– A moi aussi, insista Marcia, on m'a *enlevé quelque chose.*

A ce moment-là, un homme plus âgé, attiré par la jolie vendeuse d'insignes, s'approcha et mit un terme aux efforts de conversation de Marcia, mais le souvenir de son séjour à l'hôpital l'accompagna jusqu'à son arrivée au bureau.

Encouragée par sa mère, Marcia avait fait partie

de ces femmes qui jurent qu'elles ne laisseront jamais le couteau du chirurgien toucher leur corps, un corps de femme est une chose si intime. Mais bien sûr, quand la situation l'exigea, il fut hors de question de résister. Elle sourit au souvenir de Mr. Strong, le chirurgien consultant qui avait pratiqué l'opération – mastectomie, hystérectomie, appendicectomie, amygdalectomie – peu importait, pour lui c'était tout un, c'était du moins ce que semblait suggérer sa manière calme et compétente. Elle le revoyait traverser le service entouré de ses satellites, tandis qu'elle, l'observant avec passion, guettait le moment sublime où il arriverait à son lit et où elle l'entendrait dire : « Et comment va Miss Ivory ce matin? » sur un ton presque taquin. Alors, elle lui expliquait comment elle se sentait et il écoutait, posant une question de temps à autre, ou se tournant vers la sœur pour savoir ce qu'elle en pensait, son attitude un peu désinvolte faisant place à un intérêt tout professionnel.

Si le chirurgien était Dieu, les aumôniers étaient ses ministres, juste en dessous des internes. D'abord était venu l'aumônier catholique, jeune et beau, expliquant qu'il arrivait à tout le monde d'avoir besoin de repos – il ne semblait vraiment pas que cela puisse être son cas – qu'un séjour à l'hôpital était assurément désagréable de bien des façons, mais pouvait se révéler un bienfait déguisé, car il n'y avait pas de situation qui n'eût ses bons côtés; d'ailleurs, ne disait-on pas : « A quelque chose malheur est bon »? Il avait parlé sur ce ton avec un tel débordement de charme irlandais que Marcia avait dû attendre un bon moment avant de pouvoir lui apprendre qu'elle n'était pas catholique.

– Ah, alors c'est que vous êtes protestante. La violence du mot la laissa sans voix, comme l'aurait été n'importe quelle personne habituée aux termes « anglican » ou « Église d'Angleterre », plus vagues et plus doux.

– Eh bien, cette conversation a été bien agréable, concéda-t-il. L'aumônier protestant viendra vous voir.

L'aumônier anglican lui offrit la sainte communion et bien qu'elle ne fût pas pratiquante, Marcia l'accepta, en partie par superstition, mais aussi parce que cela lui conférait une espèce de distinction dans le service. Une seule autre personne fut administrée par l'aumônier. Les autres patientes critiquèrent son surplis froissé et se demandèrent pourquoi il ne s'en procurait pas un en nylon ou en tergal, elles parlèrent de leurs propres pasteurs, qui refusaient de marier les gens de leur paroisse ou de baptiser les enfants quand les parents n'allaient pas à l'église, et elles citèrent d'autres exemples de comportement peu raisonnables et peu chrétiens.

Bien sûr, à l'hôpital, l'idée de la mort venait à l'esprit, particulièrement au cours de la visite de l'aumônier, et Marcia s'était posé cette question brutale, si elle mourait, n'ayant pas de parents proches, cela aurait-il de l'importance? Elle pourrait être enterrée dans une fosse commune, si cela existait encore, mais de toute façon elle laisserait assez d'argent pour ses obsèques; pourtant, si son corps était jeté dans un four, elle n'en saurait jamais rien. Autant valait être réaliste. Elle pouvait évidemment faire don de certains organes pour la recherche ou la chirurgie. Cette dernière idée avait un attrait irrésistible, car elle évoquait le docteur Strong, et Marcia avait l'intention de remplir le formulaire au dos du petit livret qu'on lui avait donné quand elle était entrée à l'hôpital. Mais pour finir, elle ne l'avait jamais fait; de toute façon son opération avait réussi, et elle n'était *pas* morte. « Je ne mourrai pas, je vivrai » – un poème lui était alors venu à l'esprit. Elle ne lisait plus de poésie maintenant, ni rien d'autre d'ailleurs, mais quelquefois elle se souvenait d'une citation.

En attendant sur le quai ce matin-là, Marcia remarqua que quelqu'un avait griffonné grossièrement en lettres majuscules, TUEZ CES SALAUDS D'ASIATIQUES. Elle regarda fixement l'inscription et prononça les mots pour elle-même, comme pour mesurer leur portée. Cela lui rappela un autre souvenir d'hôpital, un homme avait poussé son chariot jusqu'à la salle d'opération, il était barbu, d'une beauté lointaine et pleine de dignité, la tête et le corps enveloppés de drap bleu. Il lui avait dit « mon petit ».

Les trois autres levèrent les yeux quand Marcia entra.

– Vous êtes en retard, non? aboya Norman.

Comme si ça le concernait, pensa Letty.

– Il y a eu du retard dans le métro ce matin, dit Marcia.

– Ah oui, acquiesça Norman. Vous avez vu le tableau à Holborn Station. Ils disaient qu'il y avait du retard, une personne trouvée sous un train à Hammersmith. Une personne – on ne peut plus dire une femme maintenant?

– La pauvre, soupira Edwin. On se demande vraiment parfois comment il peut arriver de telles tragédies.

Letty était silencieuse, elle repensait à son émotion du matin. On pourrait bien retrouver cette femme sous un train un jour. Elle n'en avait pas encore parlé, mais elle le fit alors.

– Mon Dieu, dit Norman, voilà, me semble-t-il, encore quelqu'un que l'aide sociale a laissé tomber.

– Ça peut arriver à n'importe qui, remarqua Letty, mais de nos jours, il est possible d'éviter de se mettre dans une situation pareille. Elle jeta un coup d'œil sur sa jupe en tweed, vieille mais récemment nettoyée et repassée. Oui, on pouvait au moins garder une apparence correcte.

Marcia ne souffla mot, mais eut un de ses regards déconcertants.

Norman lança presque avec entrain :

– Eh bien, voilà encore quelque chose qui nous attend, en tout cas qui peut nous arriver – que l'aide sociale nous laisse tomber.

– Arrêtez, protesta Edwin. Comme si ça ne suffisait pas, après la mort par hypothermie... Vous ne pensez qu'à ça.

– Mourir de faim, c'est plus vraisemblable, affirma Norman. Il était allé au supermarché en se rendant à son travail, et il se mit alors à vérifier si le contenu de son sac à provisions – un sac en plastique psychédélique avec des dessins aux couleurs vives, qui ouvrait sur lui des horizons insoupçonnés – si le contenu donc correspondait au bout de papier qu'on lui avait remis à la caisse.

– Pain suédois 16, thé 18, fromage 34, haricots beurre, la petite boîte 12, récitait-il. Bacon 46, mais c'est le plus petit paquet que j'aie trouvé, des chutes comme on dit, ce n'est pas ce qu'on fait de mieux. On s'attendrait à ce qu'ils le coupent en plus petites portions pour les gens seuls, non? La femme qui était devant moi a dépensé plus de douze livres – c'est bien ma chance de me trouver derrière quelqu'un comme ça à la caisse, continua-t-il de sa voix monotone.

– Je mettrais le bacon dans un endroit plus frais à votre place, dit Letty.

– Oui, je vais le glisser dans l'un des casiers,

répondit Norman. Rappelez-le-moi. Il y a des gens qu'on découvre morts dans une maison sans provisions, les journaux en parlent, c'est affreux.

– On n'a pas besoin de ça, remarqua Edwin.

– On peut toujours stocker des boîtes, suggéra Marcia d'un ton lointain.

– Et si l'on n'avait pas la force de les ouvrir? demanda Norman avec volupté. De toute façon, je n'ai pas beaucoup de place.

Marcia lui jeta un regard pensif. Elle se demandait quelquefois comment était organisée la vie domestique de Norman, mais naturellement personne n'avait jamais vu sa chambre meublée. Ces quatre employés qui travaillaient ensemble ne se rendaient jamais visite et ne se voyaient pas en dehors des heures de bureau. Quand Marcia était arrivée ici, Norman avait vaguement éveillé sa curiosité, et cette émotion, bien que dénuée de chaleur et de tendresse, avait brièvement occupé ses pensées. Un jour à l'heure du déjeuner, elle l'avait suivi à une distance prudente, elle l'avait regardé marcher avec précaution parmi les feuilles mortes et apostropher avec colère une voiture qui ne s'était pas arrêtée au passage clouté. Elle s'était trouvée aux portes du British Museum, avait monté de larges marches de pierre et traversé des galeries pleines d'échos, remplies d'images et d'objets inquiétants dans des vitrines, jusqu'au moment où il avait fait halte dans la section égyptienne au milieu d'une exposition d'animaux momifiés et de petits crocodiles. Là, Norman s'était trouvé mêlé à un groupe d'écoliers, et Marcia était partie discrètement. Si elle avait songé à signaler sa présence, le moment était évidemment inapproprié, tout comme l'étaient des questions du genre « Vous venez ici souvent? ». Norman n'avait dévoilé à aucun d'entre eux qu'il fréquentait le British Museum, et même s'il l'avait fait, il n'aurait jamais avoué qu'il allait contempler des crocodiles momifiés. C'était assurément une chose secrète. Avec le temps, le sentiment de Marcia pour Norman déclina. Puis elle alla à l'hôpital et Mr. Strong entra dans sa vie et remplit ses pensées. Maintenant, Norman existait à peine pour elle, tout juste un petit homme assez sot, et ses histoires de provisions, la lecture qu'il faisait à haute voix des choses qu'il avait achetées n'avait d'autre effet que de l'irriter. Elle ne voulait pas savoir ce qu'il allait manger – cela n'avait absolument aucun intérêt.

– Ça me fait penser, il faut que j'achète du pain à midi, dit Edwin. Le Père G. vient manger un morceau avant la réunion du PCC et je vais lui préparer une de mes spécialités – des haricots blancs en boîte sur toast avec un œuf poché par-dessus.

Les femmes sourirent, comme il se devait, mais on savait qu'Edwin était un cuisinier compétent. Après tout, avaient-elles quelque chose de plus somptueux pour leur propre repas du soir? se demanda-t-il alors qu'il sortait d'un salon de thé où l'on vendait du pain, portant une grosse miche blanche dans un sac en papier. Il avait fait un repas léger – un simple casse-croûte – dans ce salon de thé dont le décor avait changé de façon affligeante, bien que la nourriture fût restée la même. Edwin et les autres habitués se sentaient déplacés dans ce cadre dernier cri orange et vert olive, avec ces meubles en faux bois blanc. Il y avait des lampadaires et des abat-jour ornés de papillons, et par-dessus tout cela, une douce musique d'ambiance, presque inaudible mais insidieuse. Edwin n'aimait pas le changement, et maintenant qu'on avait démoli *Gamage's*, c'était avec soulagement qu'il partait faire sa tournée des églises à midi, bien que même l'Église, cette chère vieille Église d'Angleterre, ne fût pas non plus à l'abri du changement. Quelquefois il entrait réciter une rapide prière, jeter un coup d'œil ou lire le magazine de la paroisse s'il y en avait un, mais le plus souvent il étudiait les tableaux d'affichage pour voir quels offices et quelles autres activités étaient proposés. Ce jour-là, il fut attiré par l'annonce d'un repas de charité destiné à aider une œuvre de bienfaisance connue, mais à sa surprise « avec du vin » – ça vaudrait peut-être la peine d'essayer.

Letty faisait ses courses en rentrant chez elle, dans un petit self-service tenu par des Asiatiques de l'Ouganda qui restait ouvert jusqu'à huit heures du soir. Elle n'achetait que de la nourriture en conserve ou préconditionnée, se méfiant de tout ce qui était au contact de l'air. Dans sa chambre confortable, qui était dotée d'un lavabo derrière un paravent et d'un petit réchaud électrique, elle prépara un plat de riz avec des restes de poulet, puis s'installa pour écouter la radio et continuer à travailler à son ouvrage, un siège en tapisserie.

La maison appartenait à une femme âgée qui avait, entre autres locataires distinguées, deux femmes comme elle et une réfugiée hongroise, qui s'était plus ou moins adaptée aux habitudes de la maison – écouter la radio à très faible volume et laisser la salle de bains dans l'état où l'on souhaitait la trouver. C'était une vie somme toute confortable, un peu stérile certes, peut-être même austère. Mais pour se sentir comme appauvri, il fallait avoir possédé quelque chose dont on pût être privé, comme le sein de Marcia, pour donner un exemple concret, et Letty n'avait jamais eu grand-chose. Pourtant, se demandait-elle quelquefois, ne pouvait-on pas considérer que le fait de ne rien avoir était une expérience qui avait sa valeur?

Il y avait ce soir-là une pièce à la radio, la rétrospective de la vie d'une vieille femme. Cela rappela à Letty la femme qu'elle avait vue dans le métro affaissée sur un siège le matin même; on pouvait elle aussi la revoir à la même époque, disons cinq, dix, vingt, trente, ou même quarante ans plus tôt. Mais ce genre de retour en arrière n'intéressait pas spécialement Letty qui vivait beaucoup dans le présent, s'accrochant à la vie avec tout son sérieux et de toutes ses forces, s'accommodant de son mieux de ce que lui réservait l'existence, quelque insignifiant que ce fût.

Son curriculum vitae était très comparable à celui de tant de personnes nées, comme elle, avant 1914, et enfant unique d'une famille de la classe moyenne. Elle était arrivée à Londres à la fin des années vingt pour suivre un cours de secrétariat, elle avait habité dans un foyer de jeunes travailleuses où elle avait fait la connaissance de son amie Marjorie, la seule personne de cette époque lointaine avec qui elle était restée en contact. Comme la plupart des filles de sa génération et de son milieu, elle avait espéré se marier, et au début de la guerre les occasions de rencontrer un homme ou d'avoir une liaison, même avec un homme marié, ne manquaient pas, mais c'était Marjorie qui s'était mariée, et Letty s'était trouvée comme d'habitude à la remorque de son amie. A la fin de la guerre, Letty avait plus de trente ans et Marjorie avait perdu tout espoir la concernant. Letty, pour sa part, n'y avait jamais beaucoup cru. Le souvenir qu'elle gardait des années d'après-guerre était lié aux vêtements qu'elle avait portés à des dates précises – Le New Look lancé par Dior en 1947, l'élégance confortable des années cinquante, et, au début des années soixante, l'horreur de la minijupe, cette mode si cruelle pour celles qui n'étaient plus toutes jeunes.

Quelques jours plus tôt, Letty était passée à Bloomsbury tout près de l'endroit où elle et Marjorie avaient travaillé vers mil neuf cent trente – au premier étage d'une maison du dix-huitième siècle – et elle s'était retrouvée en face d'une construction en béton. Un peu comme le bâtiment où elle travaillait maintenant avec les trois autres, mais évidemment elle n'avait pas fait le rapprochement.

Cette nuit-là, comme si la pièce de la radio l'avait inspirée, Letty eut un rêve. Il se passait à l'époque du jubilé d'argent, quand elle avait fait un séjour avec Marjorie et son fiancé Brian dans la maison de campagne qu'ils avaient achetée pour £ 300. Il y avait aussi un ami de Brian, destiné à Letty, un jeune homme beau mais fade du nom de Stephen. Le samedi soir, ils étaient allés au pub et s'étaient installés dans une arrière-salle humide et tranquille avec des meubles en acajou et des poissons empaillés. Ça sentait le renfermé comme si personne n'y allait jamais; d'ailleurs personne n'y allait jamais, sauf des visiteurs timides come eux. Ils avaient tous bu de la bière, bien que les filles ne l'aimassent guère, et cela ne sembla pas avoir d'effet visible sur elles, sauf qu'elles se demandèrent où pouvaient bien se trouver des toilettes dans un endroit aussi archaïque. De l'autre côté, dans le bar lui-même, il y avait de la lumière, des couleurs et du bruit, mais eux, les quatre jeunes gens, étaient en dehors de tout ça. Le dimanche, ils étaient allés à l'office du matin à l'église du village. Il y avait des fientes d'oiseaux sur l'autel et le curé quêta pour réparer le toit de l'église. En 1970 on ferma l'église qui faisait double emploi et le bâtiment fut finalement démoli car il n'avait pas d'intérêt architectural ou historique. Dans son rêve, Letty était allongée dans l'herbe haute avec Stephen ou quelqu'un qui lui ressemblait vaguement; c'était au cours de cet été chaud de 1935. Il était très près d'elle, mais rien ne s'était passé. Elle ne savait pas ce qu'était devenu Stephen, mais Marjorie était veuve maintenant, aussi seule que Letty dans sa chambre meublée. Tout avait disparu, cette époque, ces gens... Letty se réveilla et resta un moment à méditer sur l'étrangeté de la vie, qui s'en va comme ça.

## III

Marcia entra dans sa maison, cette maison qui dans le langage des agents immobiliers était en passe de devenir une « jumelle à vingt mille ». Les maisons de cette rue atteignaient déjà ce prix, mais celle de Marcia n'était pas tout à fait comme les autres. De l'extérieur, elle avait l'air plutôt ordinaire avec ses vitraux à la porte d'entrée, ses deux grandes fenêtres en rotonde et une autre plus petite au-dessus du porche. Les peintures extérieures, qui avaient maintenant besoin d'être refaites, étaient d'un vert foncé conventionnel avec du crème, et un bon lavage n'aurait, semble-t-il, pas nui aux voilages des fenêtres. Mais Miss Ivory travaillait et elle n'était pas le genre de personne à qui on pouvait proposer de l'aide. Les voisins qui habitaient les maisons plus pimpantes de chaque côté étaient là depuis peu. Ils bavardaient parfois un moment avec elle mais Marcia n'était pas allée chez eux ni eux chez elle.

A l'intérieur, la maison était sombre avec ses portes marron qu'elle tenait mystérieusement fermées. Il y avait de la poussière partout. Marcia traversa directement la cuisine et posa son sac à provisions sur la table recouverte de journaux. Elle savait qu'elle aurait dû se mettre à cuisiner. L'assistante sociale de l'hôpital lui avait dit combien il était important pour une femme qui travaille de manger correctement en rentrant le soir, mais Marcia se contenta de remplir la bouilloire pour se faire une tasse de thé. Elle avait déjà usé toutes ses forces ce matin-là à préparer le repas de midi qu'elle prendrait au bureau. Elle ne voyait pas à présent ce qu'elle pouvait manger d'autre, sauf peut-être un biscuit pour accompagner son thé. « Les biscuits, ça vous soutient », disait-on pendant la guerre, mais elle n'avait jamais eu beaucoup d'appétit. Elle avait toujours été maigre, et depuis son séjour à l'hôpital elle l'était devenue davantage encore. Elle flottait dans ses vêtements, mais peu lui importait à quoi elle ressemblait, elle n'était pas comme Letty qui n'arrêtait pas de s'acheter de nouveaux habits et était tracassée si, cherchant à assortir un cardigan à autre chose, elle ne trouvait pas la teinte exacte.

Soudain une sonnette retentit, stridente et péremptoire. Marcia fut comme pétrifiée sur sa chaise. Elle n'avait jamais d'invités et personne ne passait jamais la voir. Qui cela pouvait-il être, le soir? La sonnette résonna de nouveau, elle se leva et alla dans la pièce de devant d'où elle pouvait voir par une fenêtre latérale qui se trouvait sur le pas de la porte.

C'était une jeune femme qui balançait un trousseau de clefs de voiture dans sa main. Marcia aperçut une petite automobile bleue garée de l'autre côté de la rue. De mauvaise grâce, elle ouvrit la porte.

– Ah, vous êtes bien Miss Ivory? Je suis Janice Brabner.

Elle avait un visage plutôt rose, ouvert. Les jeunes femmes aujourd'hui ne semblaient pas beaucoup se préoccuper de maquillage, et même Marcia se rendait compte que certaines gagneraient sans doute à le faire.

– Nous sommes plusieurs au centre à nous inquiéter de la situation des solitaires.

Était-il possible qu'elle eût préparé cette phrase, car c'était bien ce qu'elle avait dit. Marcia ne l'encouragea pas.

– Vous savez, les gens qui vivent seuls.

– Vous pensiez qu'on pouvait me retrouver morte? C'est ça?

– Oh, Miss Ivory, ce n'était évidemment pas ce que nous pensions!

On aurait presque pu se mettre à rire, ce qui aurait été déplacé, Janice Brabner le savait bien. Faire partie des volontaires du Centre n'était pas précisément drôle, même si les gens que l'on allait voir faisaient parfois sourire, car certains d'entre eux étaient plutôt attendrissants. Mais ils pouvaient aussi avoir quelque chose de tragique. Dans quelle catégorie fallait-il mettre Miss Ivory, par exemple? On savait que sa mère était morte quelques années auparavant, qu'elle vivait maintenant seule et qu'elle venait de rentrer de l'hôpital à la suite d'une sérieuse opération. Janice connaissait l'assistante sociale de l'hôpital, et elle avait cru comprendre qu'il n'était pas vraiment souhaitable de laisser Miss Ivory complètement livrée à elle-même. Il était vrai qu'elle travaillait, mais personne ne semblait savoir grand-chose d'elle – elle ne parlait guère aux voisins et personne n'était jamais allé chez elle. Elle n'invita pas Janice à entrer, et elles poursuivirent leur conversation sur le pas de la porte. On ne pouvait évidemment pas entrer de force chez les gens, mais une personne seule comme Miss Ivory ne refuserait certainement pas, si on l'y invitait, d'échanger quelques paroles amicales?

– Nous nous sommes simplement demandés, continua Janice, comprenant qu'il fallait faire preuve de tact et de prudence, comme on le lui avait recommandé, si vous voudriez bien venir à une petite réunion au Centre un soir. C'est à côté de la mairie, vous savez.

– Je ne pense pas, répondit Marcia avec fermeté. Je travaille et mes soirées sont prises.

Mais il n'y avait pas d'antenne de télévision sur la maison. Alors que faisait-elle le soir? se demanda Janice. Pour sa part, elle avait rempli sa tâche et peut-être posé un jalon. C'était l'essentiel.

A peine la porte fut-elle fermée que Marcia monta dans la chambre de devant pour regarder partir Janice Brabner. Elle la vit ouvrir la portière et s'asseoir ensuite; elle tenait une liste qu'elle semblait être en train de consulter. Puis elle démarra.

La pièce où se trouvait Marcia était la chambre dans laquelle sa mère était morte. Elle n'y avait pratiquement pas touché depuis. Bien sûr, on avait enlevé et enterré le corps, tout ce qu'il fallait faire à ce propos avait été fait, et sa mère avait eu les obsèques qui convenaient, mais après cela Marcia n'avait pas trouvé l'énergie de disposer les meubles autrement et Mrs Williams, la femme de ménage, à l'époque, ne l'avait pas encouragée. « Il faut que vous vous souveniez des choses telles qu'elles étaient, il ne faut pas les changer », avait-elle dit. De toute façon Marcia n'aimait pas déplacer les meubles. C'était sur le lit de cette chambre que le chat Snowy avait dormi jusqu'à sa mort; peu à peu la partie noire de son pelage avait pris une teinte brunâtre et son corps était devenu plus léger, puis un jour, quand son heure était venue, il avait cessé de respirer, une fin paisible. Il avait vingt ans, cent quarante ans en termes humains. « On n'aimerait pas devenir si vieux », avait dit Mrs Williams, comme si l'on avait le choix ou si l'on y pouvait quelque chose. Après la mort de Snowy et son enterrement dans le jardin, Mrs Williams était partie, car le travail était devenu trop lourd pour elle, et Marcia ne feignit même pas de s'intéresser à cette pièce. Sur le dessus-de-lit, il y avait encore une boule de poils, que Snowy avait amenée vers la fin de sa vie, maintenant desséchée comme une antique relique momifiée, appartenant à des temps très anciens.

– Miss Ivory a un regard bizarre, fixe. Et elle n'avait visiblement pas envie de me faire entrer, annonça Janice de retour au Centre, jouissant de ce soulagement que donne l'accomplissement d'un devoir délicat.

– Oh, il ne faut pas que cela vous décourage, lui répondit une collègue plus âgée et plus expérimentée. Beaucoup ont l'air comme ça au début, mais le contact est établi, c'est l'essentiel. Et c'est ce qui importe, *établir un contact,* de force si nécessaire. Croyez-moi, on est quelquefois *bien* récompensé.

Janice se posait la question mais ne dit rien.

De l'autre côté du parc, Edwin, au cours d'une promenade vespérale, étudiait le tableau d'affichage d'une église. Elle n'offrait rien d'autre que le strict nécessaire – la Sainte communion à huit heures le dimanche, la messe du matin à onze heures, pas d'offices en semaine, et quand il tourna la poignée de la porte, il découvrit qu'elle était fermée à clef. C'était dommage, mais les choses étaient ainsi maintenant; avec les vols et le vandalisme, il n'était pas prudent de laisser une église ouverte. Éprouvant un léger sentiment de frustration, il fit demi-tour et se mit à marcher le long de l'avenue jusqu'à une rue latérale qui semblait aller dans la direction qu'il voulait. Puis il lut le nom de la rue, se rendit compte que c'était là qu'habitait Marcia, et se remit en route rapidement. Il eut le sentiment qu'il serait gênant de la rencontrer, même de passer devant sa maison. D'une certaine manière, ils étaient tous les deux des gens solitaires, mais il ne leur serait pas venu à l'idée qu'ils pourraient se voir en dehors des heures de bureau. Une rencontre, quelle que fût sa nature, aurait plongé Marcia dans une consternation qui n'aurait eu d'égale que la sienne. Et puis, Edwin avait toujours pensé que Norman était plus proche de Marcia qu'il ne l'était, qu'il lui plaisait davantage si tant est que quelqu'un lui plût. Était-il donc, lui, Edwin, l'ami de Letty? Il s'en fallait de beaucoup. Quelque chose dans cette idée le fit sourire et il s'éloigna le long du parc, grande silhouette souriante, portant un imperméable, bien que la soirée fût douce et le ciel sans nuage.

## IV

Avec la venue du printemps qui réchauffait le soleil de ce début du mois de mai, un changement subtil se produisit dans les occupations de midi de nos quatre employés de bureau. Edwin faisait sa tournée habituelle des églises, car cette période de l'année abondait en fêtes, et les paroisses du quartier proposaient un programme riche et varié, mais il fréquentait aussi les magasins de jardinage et les agences de voyages dont il ramenait une foule de brochures dans l'éventualité d'organiser des vacances tardives, tout le monde ayant réservé en janvier. Norman rassembla son courage pour se rendre chez le dentiste, et arriva au bureau en s'apitoyant beaucoup sur lui-même, avec un thermos de soupe qui était tout ce qu'il pouvait absorber au déjeuner.

Marcia abandonna la bibliothèque municipale et s'aventura dans un magasin rempli de musique bruyante, d'articles étrangers et de vêtements bâclés, genre indien, pour les deux sexes. Elle palpa les poteries grossières, les jupes et les chemisiers vaporeux aux couleurs agressives, mais n'acheta rien. La musique pop presque assourdissante la mettait mal à l'aise et elle avait le sentiment que les gens la dévisageaient. Elle sortit au soleil, hébétée et désorientée. Puis la sirène d'une ambulance l'arracha à sa torpeur et elle se retrouva au milieu d'un groupe de gens qui s'étaient rassemblés autour d'une personne affaissée sur le trottoir. Quelqu'un avait eu une crise cardiaque, un laveur de vitres qui avait fait un faux pas et était tombé. Des murmures d'excitation emplissaient l'air, mais personne ne savait exactement ce qui s'était passé. Marcia jeta son dévolu sur deux femmes pour essayer d'apprendre quelque chose, mais elles ne purent rien dire d'autre que : « Le pauvre, c'est affreux, quel choc pour sa femme ! » Ses pensées la ramenèrent à son propre séjour à l'hôpital et à sa fébrilité quand arrivait une ambulance, car elle était au rez-de-chaussée tout près des urgences. Elle éprouvait maintenant une sorte de déception à voir l'homme sur le trottoir tenter de se mettre debout, mais les ambulanciers l'en empêchèrent, le fourrèrent dans le véhicule, et Marcia, le sourire aux lèvres, s'en retourna au bureau.

Norman et Letty furent tous deux sensibles à l'appel du grand air, Norman pour ne plus penser à ses dents, et Letty parce qu'elle était quelque peu obsédée par l'idée stupide qu'il fallait prendre de l'exercice tous les jours. Ils se mirent donc tous deux en route, chacun de son côté et dans l'ignorance l'un de l'autre, et se dirigèrent vers le parc Lincoln, l'espace vert le plus proche du bureau.

Norman s'approcha instinctivement de l'endroit où les filles jouaient au netball, et s'assit un peu emprunté. Il n'était pas capable d'analyser l'impulsion qui l'avait conduit là, lui petit homme plein de hargne qui souffrait des dents, hargne pour les vieux messieurs qui, comme lui, composaient la majorité des spectateurs rassemblés autour du terrain de netball, hargne pour les garçons et les filles à cheveux longs qui étaient allongés dans l'herbe à moitié nus, hargne pour les gens assis sur des chaises, en train de manger des sandwiches ou de sucer des bâtons glacés ou des cornets, et qui jetaient leurs détritus par terre. Tout en suivant des yeux les filles qui sautaient et gambadaient en jouant, le mot « lubrique » lui vint à l'esprit, puis l'expression « sourire comme un chien » – une phrase de la Bible? – et il pensa à la façon dont certains chiens semblaient sourire, la langue pendante. Après avoir regardé quelques minutes, il se leva et reprit le chemin du bureau, déçu par la vie. Seule la vue d'une automobile accidentée, avec tout un côté enfoncé, qu'une dépanneuse remorquait en direction de Kingsway, lui donna l'espèce de coup de fouet que Marcia avait eu en entendant la sirène d'ambulance, mais il se souvint alors qu'une voiture abandonnée avait été laissée depuis plusieurs jours devant la maison où il habitait, et que la police ou la municipalité auraient dû s'en préoccuper, et cela le remit en colère.

Amateur, comme elle l'était, d'exercice et de grand air, Letty était prête à en profiter.

*« La contemplation d'un sous-bois au printemps*
*Peut vous apprendre plus sur l'homme,*
*Sur le mal et sur le bien*
*Que ne le peuvent tous les sages. »*

Elle savait tout cela, même si elle n'avait pas l'intention de trop approfondir le sens de ces vers. Elle marchait d'un pas vif et ne songeait pas à s'asseoir, car la plupart des sièges étaient occupés, et quand il restait de la place, c'était à côté de gens manifestement excentriques, qui parlaient seuls ou mangeaient des choses bizarres. Il valait mieux continuer son chemin, bien qu'il fît chaud et qu'elle eût souhaité se reposer. Elle n'éprouva aucune colère lorsqu'elle vit les jeunes s'embrasser et se peloter dans l'herbe, même si ce comportement n'était pas celui d'il y avait quarante ans quand elle était jeune fille. Au fond était-ce si différent? Ou était-il possible qu'elle n'eût pas remarqué ce genre de choses à l'époque? Elle passa devant un bâtiment consacré à la recherche sur le cancer et elle pensa à Marcia. Même Marcia avait laissé entendre qu'il y avait eu quelque chose dans sa vie, il y avait longtemps. Qui n'avait pas eu quelque chose dans sa vie? C'était en tout cas ce que les gens aimaient donner à penser, et on se disait que c'était beaucoup de bruit pour presque rien.

De retour au bureau, on parla vacances. Les brochures d'Edwin qui proposaient d'impossibles délices étaient maintenant étalées sur sa table depuis plusieurs semaines, mais on savait qu'il ne faisait jamais rien d'autre que de les feuilleter, car son congé annuel se passait invariablement avec sa fille et la famille de celle-ci.

– La Grèce, dit Norman en prenant un dépliant dont la couverture représentait l'Acropole. J'ai toujours eu envie d'y aller.

Marcia leva les yeux, interloquée. Les autres aussi étaient étonnés mais ils ne le montrèrent pas. Que se passait-il? Quel nouvel aspect de la vie de Norman, quelles aspirations secrètes, tues jusqu'alors, allaient leur être révélées? Ses vacances, qu'il passait toujours en Angleterre, prenaient habituellement un tour désastreux.

– On dit que la lumière est merveilleuse, qu'elle a

un je-ne-sais-quoi de particulier, dit Letty, répétant quelque chose qu'elle avait entendu ou lu. Et la mer est si sombre – n'est-ce pas ainsi qu'on la décrit?

– Oh, je me moque de la couleur de la mer, déclara Norman. C'est le fait de se baigner qui m'attirerait.

– Vous voulez parler de plongée sous-marine, tous ces trucs-là? s'étonna Edwin.

– Pourquoi pas? lança Norman d'un ton de défi. Beaucoup de gens en font. Ils trouvent des trésors enfouis...

Edwin se mit à rire.

– Ça changerait un peu de vos vacances de l'année dernière, plaisanta-t-il. Norman avait fait un voyage en car dans l'ouest de l'Angleterre et, pour une raison non spécifiée, son seul commentaire avait été « jamais plus ».

– Il ne me semble pas que vous ayez trouvé beaucoup de trésors enfouis là-bas, poursuivit Edwin.

– Je n'ai jamais compris pourquoi les gens se croient obligés de partir de chez eux comme ils le font, avoua Marcia. Quand on vieillit, on n'a pas vraiment besoin de vacances.

Elle se disait que si Norman avait réellement des désirs secrets, il devrait lui suffire d'aller s'installer au British Museum entre midi et deux heures, et de contempler les richesses de civilisations disparues. Marcia elle-même ne partait jamais. Quand elle n'était pas au bureau, Dieu sait à quoi elle s'occupait.

– Oh, je me contenterai sans doute de regarder des photos, reconnut Norman. Je ne suis pas comme Letty.

– Je ne suis jamais allée en Grèce, dit Letty, mais elle était de loin la plus aventureuse des quatre.

Elle avait fait plusieurs voyages organisés à l'étranger avec Marjorie, et ses cartes postales d'Espagne, d'Italie et de Yougoslavie égayaient encore les murs du bureau. Mais il semblait que Marjorie ne voulût pas partir cette année, et comme il était prévu que Letty irait habiter chez elle quand elle serait à la retraite, ce n'était sans doute pas une mauvaise idée de s'habituer à vivre à la campagne. Pendant deux semaines, Letty goûterait à la vie de village, avec son amie, elle ferait des excursions dans les environs, des pique-niques quand le temps le permettrait. « Je vois ça d'ici : les rosiers qui encadrent les portes, etc. » avait dit Norman quand Letty avait parlé de ses projets de retraite. Mais il n'avait pu s'empêcher d'ajouter, « Évidemment, le temps peut tout gâcher. J'en sais quelque chose! »

## V

Un faisan se tenait au milieu d'un champ, indifférent au train qui entrait en gare. Letty aperçut la Morris 1000 bleue poussiéreuse parmi les voitures plus grosses et plus rutilantes qui stationnaient devant le bâtiment. Même aujourd'hui, quarante ans plus tard, elle eut une pensée pour « Belzébuth », la première voiture de Marjorie achetée 25 £ dans les années trente. Elle se demanda si les jeunes donnaient encore à leurs vieilles voitures des noms facétieux. Posséder une voiture était à présent une affaire sérieuse, ce n'était même plus tellement drôle, si l'on considérait que l'automobile était un signe extérieur de richesse important, et que l'on pouvait payer de grosses sommes d'argent pour avoir des numéros d'immatriculation particulièrement prestigieux.

Marjorie s'empara du sac de Letty et le fourra dans le coffre. La veuve tranquille qu'elle était devenue à la campagne n'avait apparemment plus grand-chose en commun avec la jeune femme fringante de leurs jeunes années, même si elle était encore capable d'extravagances romantiques. Il semblait pour l'heure qu'elle éprouvât un intérêt un peu excessif pour le nouveau curé qui avait été récemment nommé, et Letty le vit pour la première fois quand – c'était étonnant de la part de Marjorie – elle insista pour l'emmener à l'église le dimanche matin. Le Révérend David Lydell (il aimait être appelé Père) était un grand homme brun d'environ quarante-cinq ans, qui avait assurément belle allure dans ses vêtements sacerdotaux. Tant mieux pour Marjorie si elle avait un nouveau curé intéressant, pensa Letty, avec une indulgence généreuse. La plupart des habitants du village étaient des couples à la retraite avec les inévitables petits-enfants. Chacun avait sa part bien définie d'obligations sociales, qui consistait essentiellement à boire du sherry à certaines heures. Un soir, Marjorie invita un élégant colonel retraité qui n'avait pas de conversation, sa femme, qui en avait bien davantage, et le Père Lydell, à prendre un verre. Vu de plus près, et en vêtements « civils », le Père Lydell était décevant. Il avait l'air tristement banal dans sa veste en tweed fauve et ses pantalons de flanelle grise pas très bien coupés, trop larges ou trop étroits, ou du moins différents de ce que les gens portaient aujourd'hui.

Après un ou deux verres, le temps de faire acte de présence, le colonel et sa femme prirent congé, mais le Père Lydell, qui n'avait de toute évidence pas de repas du soir en perspective, s'attarda, si bien que Marjorie dut lui proposer de rester dîner.

– On se trouve parfois en position d'infériorité, dit-il elliptiquement, quand Marjorie quitta la pièce pour préparer le repas, et que lui et Letty se retrouvèrent seuls.

– Oh! Pourquoi? s'étonna Letty, se demandant si l'expression devait s'appliquer à lui-même ou à la race humaine en général.

– De ne pas pouvoir rendre une invitation, expliqua-t-il. Marjorie a été si bonne.

Il l'appelait donc par son prénom, et il y avait eu d'autres repas.

– Je crois que dans un village les gens sont généralement hospitaliers, remarqua Letty, sur un ton un peu supérieur. Plus qu'à Londres.

– Ah, Londres...

Son soupir était-il excessif?

– David est ici à cause de sa santé bien sûr, expliqua Marjorie de retour dans la pièce, pressée de participer à la conversation.

– Trouvez-vous que la campagne vous fasse du bien? demanda Letty.

La réponse la déconcerta.

– J'ai eu de la diarrhée toute la semaine.

Il y eut un bref silence – peut-être pas plus d'une fraction de seconde – mais si les femmes avaient été momentanément interloquées, elles étaient loin d'être à court d'idées.

– De la diarrhée, répéta Letty, d'une voix claire et pensive.

Elle n'était jamais sûre de l'orthographe de ce mot, mais elle sentit qu'un aveu aussi trivial nuirait au sérieux requis, et elle n'ajouta rien.

– Une boisson forte vous ferait plus de bien que les éternelles tasses de thé de la paroisse, suggéra Marjorie avec audace. De l'eau-de-vie, peut-être.

– Ou un désinfectant intestinal, proposa Letty.

Avec un sourire plein de compassion, il répondit :

– C'est sans doute bon pour tous ces Anglais qui font des séjours organisés sur la Costa Brava, mais mon cas est différent.

Sa phrase s'acheva, laissant à l'imagination le soin de trouver la différence.

– Oui, quand on est à l'étranger... Quand nous étions à Naples, Napoli..., dit Marjorie avec une pointe de malice. Te souviens-tu, Letty, de notre séjour à Sorrente?

– Je ne me souviens que des plantations de citronniers, répliqua Letty, décidée à parler d'autre chose.

David Lydell ferma les yeux et s'installa plus confortablement dans son fauteuil, pensant combien il était agréable de se trouver en compagnie de dames si raffinées. Voilà qui le changeait de son entourage ordinaire. Les voix frustes des villageois lui portaient sur les nerfs, et elles tenaient parfois des propos cruels. Tous ses efforts pour « améliorer » les services de l'église n'avaient rencontré que mépris et hostilité, et lorsqu'il rendait visite aux gens, il était obligé de regarder des émissions de télévision qu'ils n'avaient même pas la politesse d'interrompre. Il était choqué à la pensée que ces personnes qui n'avaient ni eau courante ni installations sanitaires dans leur maison étaient pourtant esclaves du petit écran. Même les femmes âgées qui, en d'autres temps, auraient pu constituer le noyau sûr de l'assemblée de fidèles, montraient peu d'empressement à se rendre à l'église, bien qu'on leur proposât de les y conduire et de les en ramener en voiture. Les seuls événements qui attiraient un peu de monde étaient la Fête de la Moisson, le dimanche de l'Armistice, et la messe de minuit à Noël. Par comparaison, Marjorie et son amie, Miss Machin, personne sans grand intérêt dont il n'avait pas saisi le nom, étaient hautement civilisées, et il se plaisait à manger du poulet niçoise et à parler de vacances en France et en Italie.

– De l'Orvieto, murmura-t-il. Bien sûr, il faut le boire là-bas.

Naturellement, elles furent d'accord avec lui.

Letty le jugea plutôt ennuyeux, mais elle n'en dit

rien à Marjorie. Il faisait beau, et elle ne voulait pas soulever de controverse au jardin en prenant le thé ou pendant de paisibles promenades au grand air. D'autre part, si elle devait partager la maison de Marjorie quand elle serait à la retraite, il valait mieux ne pas être trop critique vis-à-vis du prêtre, surtout qu'il semblait bien probable qu'il viendrait souvent leur rendre une petite visite. C'était un des aspects de la vie à la campagne auquel il faudrait qu'elle s'habitue. Il y en avait d'autres aussi. Au cours de leurs promenades, c'était toujours elle qui trouvait l'oiseau mort ou le corps desséché d'un hérisson, ou qui remarquait le lapin écrasé au milieu de la route lorsqu'elles étaient en voiture. Elle supposait que Marjorie en avait vu si souvent qu'elle n'éprouvait plus d'émotion particulière.

Le dernier jour des vacances de Letty, elles devaient aller faire un pique-nique dans un site pittoresque des environs. Comme c'était un jour de semaine, il y aurait moins de monde, et surtout, ainsi que le révéla Marjorie juste avant le départ, David Lydell serait en mesure de les accompagner.

– Mais, est-ce qu'il n'a pas des choses à faire, en semaine? protesta Letty. Même s'il n'y a pas d'office, ne doit-il pas se rendre auprès des malades et des gens âgés?

– Il n'y a qu'une personne malade en ce moment et elle est à l'hôpital, et les gens âgés n'attendent pas de visite des prêtres, répondit Marjorie, pour que Letty comprenne qu'elle devait s'habituer à l'idée que ces notions démodées n'avaient pas de sens quand on vivait à l'époque de la société de consommation ou dans un village où l'état de santé de chacun était connu et commenté. « J'essaie de sortir David à la campagne autant que je le peux, ajouta-t-elle. Il a besoin de distractions et de détente. »

Letty remarqua qu'elle avait employé le mot « sortir », qui semblait avoir une signification particulière, et, songeant à l'état de santé de David Lydell, elle ne fut pas surprise de se retrouver coincée à l'arrière de la voiture avec les affaires de pique-nique et le vieux fox-terrier de Marjorie qui laissa des poils blancs et raides sur le coquet pantalon bleu marine de Letty. A l'avant David et Marjorie parlaient des affaires du village. Letty ne pouvait pas participer à la conversation.

Quand ils arrivèrent sur les lieux du pique-nique, Marjorie sortit deux chaises pliantes en toile du coffre de la voiture, et elles furent solennellement installées pour elle et David, Letty leur ayant rapidement affirmé qu'elle aimait autant s'asseoir sur la couverture – c'était vrai, elle préférait cela. Malgré tout, elle ne put s'empêcher de se sentir quelque peu diminuée ou rabaissée, ainsi installée plus bas que les autres.

Après avoir mangé du jambon froid et des œufs durs, et bu du vin blanc – détail inhabituel que Letty ne pouvait attribuer qu'à la présence de David Lydell – ils se turent tous trois. Était-ce parce qu'ils avaient bu du vin au milieu de la journée? Toujours est-il qu'ils éprouvèrent un besoin bien naturel de dormir. La sieste posait quelque problème à ces trois personnes, deux sur des chaises et Letty en contre-bas – mais celle-ci ferma les yeux à son corps défendant, et pendant un bref moment, elle perdit conscience.

Quand elle se réveilla, Marjorie et David étaient devant elle, leurs chaises de toile tout près l'une de l'autre; ils se tenaient, semblait-il, étroitement enlacés.

Letty détourna le regard sur-le-champ et referma les yeux, se demandant si elle n'avait pas rêvé.

– Quelqu'un reprendra du café? proposa Marjorie avec entrain. Il y en a dans l'autre thermos. Letty, je crois que tu as dormi.

Letty se redressa.

– Oui, je crois que j'ai dû avoir un moment d'absence, avoua-t-elle.

Avait-elle complètement imaginé la scène, ou était-ce encore une de ces choses auxquelles elle allait devoir s'habituer quand elle vivrait à la campagne?

A peine Letty fut-elle rentrée de vacances qu'Edwin s'en alla à son tour. On avait beaucoup débattu au bureau pour savoir s'il devait partir en autocar ou par le train, et les avantages et désavantages de chaque méthode avaient été interminablement pesés. Le train finit par l'emporter. C'était plus cher mais plus rapide, et Edwin aurait largement son compte de voiture avec son gendre, sa fille et leurs deux enfants. Ils seraient à proximité d'Eastbourne, où il y avait des églises splendides, et il s'en réjouissait à l'avance. De surcroît, ils feraient des excursions, visiteraient un safari-parc et les châteaux où il y avait le plus de choses à voir; peut-être même pousseraient-ils jusqu'à Longheat, en prenant autant d'autoroutes que possible, les hommes à l'avant de la voiture, la fille d'Edwin et les enfants derrière. Ce serait un bon changement pour eux tous. Mais bientôt, avec les enfants qui grandissaient, ils pourraient avoir envie d'aller en Espagne, alors que ferait-on d'Edwin? Il n'aimerait pas l'Espagne, avaient-ils décidé. Pourquoi ne partirait-il pas en vacances avec l'une des personnes de son bureau? Voilà qui résoudrait le problème.

En général, Edwin ne pensait pas à ses collègues de bureau quand il était loin d'eux. Marcia fut la seule qui lui traversa l'esprit, et ce fut d'une manière assez curieuse, alors qu'il était devant le kiosque de la gare avant le départ de son train. Il se demandait s'il devait acheter quelque chose à lire. Il avait déjà fait un saut à Portugal Street pour acheter le *Church Times* de la semaine, mais ce journal ne suffirait sans doute pas à tout le voyage. Il y avait un assortiment coloré de magazines dans les rayons, certains montraient des jeunes femmes aux seins nus dans des poses affriolantes. Edwin les regarda sans s'émouvoir. Sa femme Phyllis avait bien dû avoir des seins jadis, mais il ne se rappelait pas qu'ils aient été comme ceux-là, si ronds, comme des ballons. Puis il pensa à Marcia et à son opération – une mastectomie, c'était le mot – Norman le lui avait dit à l'époque. Cela signifiait qu'on lui avait enlevé un sein, c'était une mutilation pour une femme, quoiqu'il fût incapable d'imaginer une Marcia aussi généreusement pourvue que les filles des couvertures de magazines. Enfin, il fallait avoir de la compassion pour elle, même si elle n'avait rien d'aimable. Peut-être aurait-il dû lui faire une petite visite le soir où il s'était trouvé de l'autre côté du parc à l'angle de la rue où elle habitait. Il se demanda si elle allait quelquefois à cette église dont la porte était fermée, si le curé se rendait chez elle à l'occasion. Elle n'en avait jamais parlé mais quelqu'un dans cette église s'occupait certainement d'elle et savait qu'elle était le genre de personne qui aimait garder son quant-à-soi, et qu'il convenait de respecter cette indépendance. Bien qu'Edwin n'appartînt pas au courant qui considérait l'Église comme un prolongement des services sociaux, il savait très bien que c'était aujourd'hui l'attitude d'un certain nombre de gens fort respectables, consciencieux et pleins de bonne volonté. Il était hautement probable que Marcia ne serait pas négligée, inutile donc de s'inquiéter à son sujet. Il n'y avait certainement rien qu'il pût faire pour le moment, alors qu'il se trouvait à Victoria Station. Délaissant les magazines qui l'avaient fait penser à Marcia, il acheta un exemplaire du *Reader's Digest* et la chassa de son esprit.

Les paroissiens firent bien de faibles efforts avec Marcia et lui demandèrent si elle n'aimerait pas participer à une excursion en car à Westcliffe on Sea (« Bien plus agréable que Southend, ma chère »). Mais elle n'eut pas l'air de vouloir y aller, et bien sûr, on ne pouvait pas l'y obliger. Janice Brabner s'inquiétait aussi qu'elle ne prît pas de vacances et lui adressa plusieurs propositions dont aucune ne fut accueillie favorablement.

– Elle est tellement *difficile*, se plaignit Janice à son amie, qui était assistante sociale médicale. Les gens comme elle ont l'air de ne pas *vouloir* qu'on les aide. Et pourtant, certains sont si reconnaissants, c'est merveilleux, vraiment. C'est là que ça en vaut la peine...

Elle soupira. Marcia n'était assurément pas de ces gens-là.

Pourtant, Marcia se réservait deux petites fêtes pour ses vacances, mais elle ne révélerait à personne en quoi elles consistaient. La première était une consultation externe à l'hôpital, où elle devait passer une visite de contrôle dans le service de Mr. Strong. L'heure indiquée sur la carte était « 11 h 35 », curieuse précision qui donnait l'impression que les rendez-vous étaient calculés avec une telle exactitude, à cinq minutes près, qu'il n'y aurait pas toute cette attente à laquelle on était habitué. Elle arriva ponctuellement à l'hôpital, signala sa présence au bureau des entrées, et alla s'asseoir pour attendre. Si l'on était trop en avance, on pouvait lire un magazine ou bien prendre une tasse de thé ou de café à la machine, et bien sûr on passait toujours aux toilettes. Marcia ne fit rien de tel, elle resta assise à regarder fixement devant elle. Elle avait choisi un siège à l'écart des autres personnes et elle fut contrariée quand une femme se rapprocha d'elle et sembla vouloir entamer la conversation. Les gens qui attendaient ne se parlaient pas; c'était comme la salle d'attente d'un cabinet médical, sauf que le recueillement avait ici quelque chose de plus sacré, chaque personne ayant « quelque chose qui n'allait pas ». Marcia ne réagit pas à une remarque sur le temps et continua à regarder fixement devant elle, ne quittant pas des yeux la porte dont la plaque portait l'inscription : « Mr. le Professeur D.G. Strong ». A côté, sur une autre porte, on lisait le nom du Dr H. Wintergreen. Il était impossible de dire qui, parmi les gens assis sur les chaises, attendait le chirurgien et qui le docteur; il ne semblait pas y avoir de marques distinctives, car bien que tous eussent l'air résigné, brisé même pour certains, ils appartenaient aux deux sexes et à toutes les catégories d'âges.

– Vous attendez pour voir le Dr Wintergreen? s'enquit la voisine de Marcia.

– Non, dit Marcia.

– Oh, alors vous devez consulter le Professeur Strong. Personne n'est entré dans cette pièce-là depuis une demi-heure, depuis que je suis ici. *Moi* j'ai rendez-vous avec le Dr Wintergreen. C'est un médecin adorable, un étranger. Je crois qu'il est d'origine polonaise. Il a un regard d'une bonté! Et il faisait toujours le tour du service, un œillet à la boutonnière. Il les cultive lui-même dans sa propriété de Hendon. Sa spécialité, ce sont les troubles digestifs, l'estomac, etc. Et naturellement, il a un cabinet à Harley Street. Mr Strong aussi?

– Oui, répondit froidement Marcia, répugnant à parler de Mr Strong, à discuter de choses sacrées, avec cette personne.

– Quelquefois on demande au chef de clinique de se charger de l'opération, poursuivit la femme. Pourtant, il faut avoir appris un tas de choses pour s'y risquer, n'est-ce pas...?

A ce moment-là, l'infirmière appela le nom de Marcia, et elle sut que c'était son tour. Elle n'avait pas la naïveté de croire que la plaque sur la porte garantissait la présence du Professeur dans la pièce; elle ne fut donc pas plus abattue que de raison quand, s'étant à demi déshabillée et s'étant couchée sur un lit, elle fut examinée par un garçon blond, un interne qui faisait son stage en chirurgie. Il la palpa d'une manière hautement professionnelle, prit sa tension et écouta son cœur avec un stéthoscope. Il ne remarqua évidemment pas ses nouveaux dessous roses mais il fit des remarques admiratives sur la beauté de la cicatrice – œuvre de Mr Strong, bien sûr – et il lui dit qu'elle était trop maigre et devrait manger davantage. Pourtant, lui qui atteignait tout juste son vingt-cinquième anniversaire ne savait guère à quoi on devait s'attendre chez une femme de soixante ans. Étaient-elles toujours aussi maigres? Sa grand-tante, qui était la seule personne qui pût lui servir de point de repère, n'était assurément pas du tout comme Miss Ivory, bien qu'il n'eût jamais vu sa tante sans ses vêtements.

– Je crois que quelqu'un devrait peut-être veiller sur vous, dit-il avec bonté.

Marcia n'en fut pas du tout blessée ni irritée; les assistantes sociales ou les gens de l'église laissaient entendre la même chose, mais à l'hôpital, c'était différent. Elle éprouva une sensation de triomphe paisible quand elle tendit sa carte au bureau des entrées pour fixer une nouvelle visite de contrôle à une date ultérieure.

La deuxième fête que se promettait Marcia était une visite à la maison de Mr Strong, ou plutôt, elle consistait à aller regarder à une distance prudente la maison où il habitait. Elle savait par l'annuaire du téléphone qu'il opérait non seulement à Harley Street mais aussi à une adresse à Dulwich, quartier où elle pouvait facilement se rendre par le bus 37.

Elle laissa passer une semaine après sa visite à l'hôpital – pour espacer les plaisirs – avant de se mettre en route par un bel après-midi pour aller voir la maison de Mr Strong. Le bus était presque vide et la contrôleuse gentille et serviable. Elle savait quel arrêt était le plus pratique pour se rendre dans la rue qu'avait nommée Marcia, mais quand elle eut poinçonné le ticket, il sembla, comme la femme à l'hôpital, qu'elle eût envie de bavarder. Il y avait de jolies maisons dans cette rue – est-ce que Marcia y connaissait quelqu'un, ou bien – car cela semblait improbable – y avait-elle trouvé un emploi? C'était horrible, pensait Marcia, cette façon qu'avaient les gens de vouloir être au courant de vos affaires et, quand vous ne leur répondiez pas, de vous raconter les leurs. Elle dut écouter une assez longue histoire de mari et de gamins, espèces dont elle ignorait tout, mais parvenue enfin à destination, elle descendit et marcha au soleil le long de la rue.

La maison était imposante, comme ses voisines, tout à fait le style de maison qui semblait digne de Mr Strong. Il y avait des arbustes dans le jardin de devant. Marcia imagina les cytises et les lilas en mai, mais maintenant au mois d'août il n'y avait pas grand-chose à admirer. Peut-être y avait-il des roses de l'autre côté, car le jardin derrière la maison avait l'air étendu, mais elle ne distingua qu'une balançoire suspendue à un vieil arbre massif. Mr Strong avait une famille, cela allait de soi; il avait des enfants, et maintenant ils étaient tous partis au bord de la mer. La maison paraissait complètement déserte, et Marcia pouvait donc rester dans la rue à regarder, remarquant les rideaux William Morris soigneusement tirés.

Elle pensa fugitivement qu'il n'y avait pas ici de rideaux en tulle, ce n'était sans doute pas le genre de Mr Strong. Ses pensées n'étaient pas formulées, il lui suffisait d'être là, tout simplement. Après, elle attendit plus d'une demi-heure à l'arrêt de bus, indifférente au retard. Le temps passant sans amener le bus, elle rentra finalement chez elle à pied, et se fit une tasse de thé et un œuf à la coque. Le jeune docteur à l'hôpital lui avait conseillé de manger davantage, et elle était sûre que Mr Strong ne l'aurait pas désapprouvé.

Le jour suivant, elle retourna au bureau, mais quand on lui demanda comment elle avait passé ses vacances, elle resta évasive, se contentant de dire qu'il avait fait beau et qu'elle s'était bien reposée, c'était ce que les gens disaient toujours.

Le premier jour de congé de Norman, il faisait un soleil éclatant. C'était une de ces journées où l'on décide d'aller à la campagne ou au bord de la mer, ou bien de se promener la main dans la main avec son amoureux à Kew Gardens.

Aucune de ces idées ne traversa l'esprit de Norman quand il se réveilla et qu'il se rendit compte qu'il n'avait pas à se rendre au bureau ce jour-là. Comme il avait beaucoup de temps, il décida de se préparer un petit déjeuner complet – des œufs au bacon et tout ce qui va avec, ce qui, dans son cas, signifiait des tomates et du pain rôti – repas bien plus copieux que son assiette habituelle de cornflakes. Et il resterait en pyjama et robe de chambre, tout comme les personnages des pièces de Noël Coward. « S'ils pouvaient me voir en ce moment ! » pensa-t-il, voulant parler d'Edwin, de Letty et de Marcia.

La robe de chambre était en satin de rayonne voyant, un imprimé à dessins de formes géométriques bordeaux et vieil or. Norman l'avait achetée en solde, en pensant qu'elle lui donnerait peut-être de l'élégance, lui ajouterait un je-ne-sais-quoi. Il était prêt à parier que celle d'Edwin n'avait rien à voir avec celle-ci, ce n'était sans doute qu'un vieux lainage écossais qu'il avait depuis le collège. Il était presque sûr que Letty portait quelque chose de chic avec des volants et tout ce qui s'ensuit, comme les dames qu'il avait vues, lors de sa visite à Ken, à l'hôpital; quant à la robe de chambre de Marcia, il préféra ne pas l'imaginer. Curieusement il se rendit compte qu'il battait toujours en retraite à l'évocation de Marcia et dirigeait ses pensées ailleurs. A cet instant, un éclat de voix de sa propriétaire – elle se plaignait de l'odeur de friture – le ramena sur terre.

Le plus clair des vacances de Norman se déroula ainsi, sans activité ni profit. La vérité était qu'il ne savait pas vraiment quoi faire de sa personne quand il ne travaillait pas. Pendant la dernière semaine, il dut aller chez le dentiste, pour faire placer son nouveau dentier et s'habituer à manger avec. Le dentiste était originaire du Yorkshire et un peu trop jovial au goût de Norman, et bien qu'il fût affilié à la sécurité sociale, Norman dut débourser beaucoup d'argent pour un inconfort considérable. « Merci de rien! » pensa-t-il avec amertume. Quand il sentit qu'il pouvait raisonnablement essayer autre chose que de la soupe ou des macaronis au gratin, Norman retourna au travail. Il avait encore quelques jours de congé à prendre. « On ne sait jamais, ça peut toujours servir », se dit-il, mais il sentait que les jours qui lui restaient ne seraient jamais utilisés, et qu'ils s'ajouteraient les uns aux autres comme les feuilles mortes vont s'amasser le long des trottoirs en automne.

## VI

Letty ne fut pas vraiment surprise quand elle reçut la lettre où Marjorie lui annonçait qu'elle allait épouser David Lydell. Tant de choses pouvaient changer en si peu de temps, surtout, semblait-il, si l'on habitait dans un village; pourtant Letty ne voyait pas tout à fait pourquoi il devait en être ainsi.

« David et moi avons pensé que nous étions simplement deux personnes seules, et que nous avons tant à nous donner », écrivait Marjorie.

Letty ne s'était pas rendu compte que son amie avait pu se sentir seule. Sa vie de veuve à la campagne lui avait toujours paru enviable, avec toutes ces activités triviales mais absorbantes.

« Le presbytère est si inconfortable », continuait la lettre. « Il y a *beaucoup* à faire. Et, le croirais-tu, l'agent immobilier me dit que je peux demander (et obtenir!) 20 000 livres de ma maison! Bien sûr, tu comprendras qu'il n'y a qu'un léger problème, il s'agit de *toi,* ma chère Letty. Il est difficilement envisageable (et je ne suppose pas un seul instant que tu le souhaiterais) que tu viennes vivre avec nous au presbytère quand tu prendras ta retraite. Alors j'ai pensé que tu voudrais peut-être prendre une chambre à Holmhurst où, je crois, il se pourrait qu'il y ait quelque chose de libre rapidement (un *décès,* bien sûr!), seulement il faut que tu me le dises *bientôt* car... » Ici la lettre se perdait en détails ennuyeux, l'essentiel étant que Marjorie pouvait « faire entrer » Letty parce qu'elle connaissait la femme qui dirigeait l'établissement. Ce n'était en aucun cas une maison pour personnes âgées; seuls des candidats triés sur le volet seraient pris, sur recommandation *personnelle* bien entendu.

Letty ne prit pas la peine de lire la dernière partie de la lettre très attentivement. Marjorie s'exprimait avec ce qui semblait être un enthousiasme adolescent, mais nul doute qu'une femme amoureuse, même si elle a plus de soixante ans, n'éprouve pas moins d'ardeur qu'une fille de dix-neuf ans. Survolant la dernière page, Letty apprit que David était quelqu'un de très bien, il avait été si seul et si incompris dans sa paroisse précédente, et certaines personnes au village n'avaient pas fait preuve de beaucoup de bonté. En fin de compte, ils étaient tellement épris l'un de l'autre que leur différence d'âge (« J'ai bien sûr quelque dix ans de plus que lui ») ne changeait absolument rien. Letty réfléchit que cette différence devait être plus proche de vingt ans que de dix, mais elle était prête à accepter leur amour comme un fait acquis, même si elle n'était pas capable de le comprendre. L'amour était un mystère qu'elle n'avait jamais connu. Quand elle était jeune, elle avait voulu aimer, avait senti qu'il le fallait, mais cela ne s'était pas produit. Habituée maintenant à cette carence chez elle, elle n'y pensait plus, mais il était déconcertant, voire même choquant, de constater que Marjorie en était encore là.

Il n'était évidemment pas question d'aller vivre à

Holmhurst, cette grosse demeure rouge brique au milieu de vastes pelouses qu'elle avait souvent aperçue en allant voir Marjorie. Elle avait un jour remarqué, à travers l'une des haies qui entouraient la propriété, une vieille femme à l'air perdu et elle était restée sur cette impression. Quand viendrait le jour de sa retraite, et ce jour approchait, elle resterait certainement dans sa chambre meublée en attendant. On pourrait mener une vie très agréable à Londres – les musées et les galeries de peinture, les concerts et le théâtre – elle aurait à sa disposition toutes ces choses auxquelles aspiraient les gens cultivés isolés à la campagne, ces choses qui leur manquaient en fait. Bien sûr, il faudrait répondre à la lettre de Marjorie, lui présenter des félicitations (car c'était bien de cela qu'il s'agissait), et lui ôter un poids de la conscience pour ce qui était d'avoir bouleversé les projets de retraite de Letty, mais pas nécessairement par retour de courrier.

En rentrant chez elle, Letty remarqua une voiture à bras où l'on vendait des fleurs près de la station de métro. Elle pensa qu'elle pourrait acheter un bouquet pour sa propriétaire qui avait invité tous les locataires à prendre le café ce soir-là – pas des chrysanthèmes que l'on trouve toute l'année, mais quelque chose de petit et de discret, comme des anémones ou des violettes. Elle ne trouva rien de pareil. Pas question d'acheter ces sortes de marguerites, teintes en bleu turquoise ou à l'encre rouge, qui étaient en réclame. Letty poursuivit donc sa route les mains vides. Alors qu'elle approchait de la maison, elle fut rejointe par Marya, la Hongroise qui habitait là aussi, elle portait un bouquet des fleurs turquoises que Letty avaient dédaignées.

– Elles sont si jolies, dit-elle avec enthousiasme, et elles ne coûtent que 10 p. Vous vous rappelez,

Miss Embrey nous a invitées pour le café, alors je me suis dit qu'il fallait apporter des fleurs.

Letty comprit que Marya se débrouillait mieux qu'elle. Souvent d'ailleurs elle en profitait pour remplir la salle de bains de ses vêtements dégoulinants ou pour prendre le *Daily Telegraph* de Letty soi-disant par erreur, à la place de son journal minable.

Miss Embrey occupait le rez-de-chaussée, et ses trois locataires – Letty, Marya et Miss Alice Spurgeon – sortirent de leur chambre comme des animaux hors de leur terrier, et descendirent l'escalier à huit heures et demie.

Pas de doute, sa maison était pleine de très jolies choses, trop pleine, pensa Letty quand elle accepta une tasse de café dans le service Crown Derby de Miss Embrey. Et maintenant, elle manifestait l'intention de déménager avec tout ça dans une maison pour dames à la campagne, peut-être celle-là même dont Letty n'avait pas voulu.

– Mon frère a tout organisé pour moi.

Miss Embrey souriait en communiquant cette information, sans doute parce qu'elle se rendait compte qu'aucune de ses locataires n'avait d'homme pour organiser les choses pour elle. Elles étaient toutes célibataires, et on n'avait jamais vu d'homme leur rendre visite, pas même un parent.

– Arthur s'est occupé de TOUT, insista Miss Embrey, et cela comprenait la maison qui allait être – était déjà, en fait – vendue, avec ses locataires, pratique tout à fait courante.

– Et qui sera notre nouveau propriétaire?

Miss Spurgeon fut la première à dire tout haut ce que toutes pensaient tout bas.

– Un monsieur très gentil, répondit Miss Embrey de son ton le plus doux. Lui et sa famille occuperont le rez-de-chaussée et le sous-sol.

– Ils sont nombreux? demanda Marya.

– J'ai cru comprendre qu'un parent proche allait partager le logement avec lui. On est toujours heureux de constater que les liens du sang sont encore respectés dans certaines parties du monde.

Cette phrase amena Letty à demander à tout hasard s'il était possible que leur nouveau propriétaire ne soit pas anglais – étranger, s'il fallait préciser – et Miss Embrey fut tout aussi circonspecte dans sa réponse, laissant entendre que, d'une certaine façon, il l'était.

– Comment s'appelle-t-il? s'enquit Marya.

– Mr Jacob Olatunde.

Miss Embrey prononça chaque syllabe avec soin, comme si elle s'était entraînée.

– Il est noir, alors?

De nouveau ce fut Marya, la Hongroise, qui eut le courage de poser la question franchement.

– On ne peut évidemment pas dire qu'il ait ce qu'on appelle habituellement la peau blanche, mais laquelle d'entre nous, par exemple, pourrait se vanter d'être *blanche*?

Miss Embrey jeta un regard circulaire sur ses trois locataires – Letty à la peau plus ou moins rose, Marya au teint olivâtre, Miss Spurgeon, jaunâtre – chacune bien particulière.

– Comme vous le savez, j'ai vécu en Chine, et je ne fais pas grand cas de ces distinctions de couleur de peau. Mr Olatunde vient du Niger, ajouta la propriétaire.

Sur ces mots, elle s'adossa, joignit les mains, ces mains pâles et inutiles couvertes d'innombrables taches brunes, et offrit de resservir du café.

Seule Marya, murmurant servilement, « ce café est délicieux! », accepta. Miss Embrey sourit et lui en servit une autre tasse. Ce n'était pas un de ces cafés en grains très chers qu'elle aurait offert à des invités de son choix. Pas plus que les curieuses fleurs teintes que Marya lui avait mises entre les mains n'étaient le type de décoration qu'elle aurait choisi pour sa salle de séjour, donc en un sens, c'était un prêté pour un rendu.

– Alors, tout est clair? déclara-t-elle, président clôturant une séance. Mr Olatunde sera votre propriétaire à partir de la Saint Michel.

Il y eut ensuite des conversations dans l'escalier, alors que les locataires regagnaient leur chambre.

– N'oubliez pas qu'encore très récemment le Niger était britannique, remarqua Miss Spurgeon. Il était rose sur les cartes. Dans certains vieux atlas, c'est encore le cas.

Letty avait le sentiment que, vu le tour que prenaient les choses, plus rien sur la carte ne devait être en rose. Ce soir-là, dans son lit, ayant de la difficulté à trouver le sommeil, sa vie tout entière sembla se dérouler devant elle comme pour quelqu'un qui se noie... « à ce qu'on dit », pensa-t-elle, car bien sûr elle n'allait pas jusqu'à avoir l'expérience de la noyade, et il était peu probable qu'elle l'eût jamais. La mort, quand elle viendrait, se présenterait sous une autre forme, quelque chose de plus « convenable » pour une personne comme elle, car y avait-il le moindre risque qu'elle mourût un jour par noyade?

– Un malheur n'arrive jamais seul, affirma Norman le lendemain au bureau quand Letty leur expliqua le nouveau tour qu'avaient pris ses projets de retraite. D'abord votre amie qui se marie, et maintenant *ça*! On attend la suite. Il y aura un troisième pépin, vous verrez.

– Oui, c'est vrai, les ennuis ont tendance à arriver

par trois, c'est du moins ce qu'on dit, remarqua Edwin.

Il éprouvait bien sûr un intérêt indéniable, et même un plaisir inavoué à constater le malheur des autres, et pendant un instant, secouant la tête, il spécula avec volupté sur ce que pourrait être le troisième désastre.

– Ne nous dites pas que vous allez vous marier vous aussi, lança Norman d'un air désinvolte. Ce pourrait être le troisième pépin.

Letty fut obligée de sourire, comme on l'attendait d'elle, à cette hypothèse si invraisemblable.

– Aucune chance, dit-elle. Mais je peux encore aller vivre à la campagne si j'en ai envie. Il y a une belle maison dans le village, je pourrais y prendre une chambre.

– Une maison de retraite? demanda Norman, rapide comme l'éclair.

– Pas exactement; on peut y amener ses propres meubles.

– Une maison de retraite où on peut amener ses meubles – ses petites affaires et ses trésors, continua Norman.

– Bien sûr, vous ne serez pas nécessairement obligée de quitter votre chambre à Londres, dit Edwin. Il se peut que le nouveau propriétaire soit un homme très bon. Beaucoup de gens de l'ouest de l'Afrique qui viennent à notre église sont des gens merveilleux, et ils tiennent fort bien leur place dans le chœur. Ils ont un sens très poussé du rituel et de l'apparat.

C'était une piètre consolation pour Letty, car c'étaient ces qualités mêmes qu'elle redoutait, le bruit et l'exubérance, tous ces traits de caractère dont la jeune Noire du bureau donnait l'exemple, et qui étaient si différents de ce qu'elle était.

– Oh, elle trouvera leur façon de vivre si différente, déclara Norman, les odeurs de cuisine et tout ça. Je sais quelque chose des chambres en ville, croyez-moi.

Marcia n'avait pas encore participé à la discussion car, en son for intérieur, elle redoutait, même si ce n'était que faiblement, d'avoir à proposer une chambre dans sa maison. Après tout, Letty avait toujours fait preuve de gentillesse à son égard; une fois, elle lui avait proposé de lui préparer une tasse de thé avant de rentrer chez elle, et même si l'offre n'avait pas été acceptée, elle n'avait pas été oubliée. Mais cela ne voulait pas dire que Marcia était dans l'obligation de fournir un logement à Letty pour sa retraite. Car c'était évidemment impossible – elle n'était pas disposée à avoir quelqu'un chez elle. Deux femmes ne pourraient jamais partager la même cuisine, se disait-elle, oubliant sur le moment qu'elle ne s'était jamais vraiment servi de sa propre cuisine si ce n'est pour brancher sa bouilloire ou faire griller du pain. Puis il y avait le problème du placard dans lequel Marcia avait son stock de conserves, et l'arrangement spécial et assez inhabituel qu'elle avait trouvé pour ce qui était de ses bouteilles de lait, sans parler de l'usage de la salle de bains et l'organisation du lavage du linge personnel. Oui, les difficultés étaient insurmontables. Les femmes seules devaient se débrouiller seules dans le monde, et nul doute que Letty savait déjà cela. Et si elle ne s'en sortait pas, il y aurait quelqu'un comme Janice Brabner qui surgirait, lui poserait des questions personnelles, aurait des idées stupides et l'inciterait à faire des choses qu'elle n'aurait pas envie de faire. Ce n'était certainement pas le devoir de Marcia que de proposer un foyer à Letty, simplement parce qu'elle avait une maison à elle et vivait seule. L'indignation monta en elle, et elle se dit : « Pourquoi moi? ». Mais il n'y avait pas de réponse à cette question parce que personne ne l'avait posée. Personne n'y avait même pensé, et Letty moins que quiconque.

– Je vais attendre de voir ce qui se passe, dit celle-ci raisonnablement. Après tout, on ne se met pas à chercher un logement au mois d'août. Ce n'est pas un très bon moment.

– Le mois d'août est un mois traître, remarqua Norman, qui avait lu ça quelque part.

« Moins traître que difficile », pensa Edwin. Le 15 août – fête de l'Assomption, grand-messe à vingt heures. Les servants ne seraient peut-être pas au grand complet, malgré la présence des superbes Africains de l'Ouest, et les gens étaient peu disposés à assister à la messe du soir à la fin d'une chaude journée d'été. On aurait pensé que Rome aurait choisi une date plus propice. Mais la doctrine de l'Assomption avait été proclamée vers 1950, à sa connaissance, et la vie religieuse dans l'Église d'il y a vingt ans était certainement assez différente de la pratique actuelle dans l'Angleterre des années soixante-dix, même dans une église anglicane où la plupart des gens n'assistaient de toute façon pas aux offices, et où ceux qui le faisaient avaient des chances d'être partis en vacances. Certaines personnes pensaient que le Père G. allait un peu trop loin – qu'il en rajoutait – dans son respect de prétendues traditions, mais Edwin serait évidemment présent ce soir, parmi les deux ou trois personnes ici rassemblées, et c'était l'essentiel.

– Il se peut que je m'entende très bien avec Mr Olatunde, conclut Letty d'un ton enjoué et courageux. En tout cas, je prendrai mon temps pour me décider.

## VII

Il fallait toujours que Janice rassemblât tout son courage avant de retourner voir Marcia. Elle n'était pas comme les autres vieilles dames auxquelles elle rendait visite. En fait le terme « vieille dame » la décrivait mal, et pourtant elle n'avait pas non plus le charme désuet d'une originale. Mais il y avait toujours des gens comme elle et il s'agissait de relever le défi en essayant de l'atteindre, de comprendre ce qui se passait dans sa tête.

Janice décida de lui rendre visite un samedi matin plutôt qu'un soir. Les gens qui travaillaient étaient habituellement chez eux le samedi matin, et avec certains, pas avec Marcia pourtant, on avait une chance de se voir offrir le café si l'on choisissait le bon moment. Enfin, elle ouvrit la porte, et c'était déjà quelque chose.

– Comment allez-vous depuis la dernière fois? demanda Janice, pénétrant dans le vestibule sans y avoir été invitée, mais elle devait franchir ce cap, c'était très important. Vous vous en sortez avec le ménage?

La poussière du vestibule en disait long et le plancher était gris et crissait sous le pas – cric, crac – Janice sourit de son idée. Mais il ne fallait pas sourire bien sûr – sérieusement, comment s'en sortait-elle? Elle aurait aimé que Marcia dît quelque chose, fût-ce anodin, au lieu de la regarder fixement. C'était décourageant. Il y avait un panier à provisions sur une chaise dans le vestibule. Cela pouvait être un sujet de conversation, et Janice s'en empara avec soulagement.

– Vous avez fait vos courses, je vois.

– Oui, je fais mes courses le samedi.

Voilà qui était un début au moins, elle avait un jour fixe pour faire ses courses, comme n'importe quelle autre femme. Mais qu'avait-elle acheté? Rien que des conserves, apparemment. C'était le moment de dire quelque chose, la critiquer avec tact et lui donner quelques conseils amicaux. Les légumes frais, ne serait-ce que du chou, seraient préférables à des petits pois pré-conditionnés, et des pommes et des oranges à ces pêches au sirop. Elle devait pouvoir se permettre d'acheter des denrées convenables, mais peut-être ne voulait-elle pas se nourrir avec bon sens, c'était cela qui la contrariait et l'agaçait chez les gens qu'elle allait voir. Mais naturellement, elle avait été à l'hôpital, son docteur la « suivait » encore, comme on dit. Ne s'intéressait-il jamais à son régime?

– J'aime bien avoir beaucoup de conserves à la maison, déclara Marcia avec superbe quand Janice essaya de suggérer que des denrées fraîches lui feraient plus de bien.

– Oh, oui, bien sûr. Les conserves c'est très utile quand on ne peut pas sortir ou quand on ne veut pas aller en ville.

A quoi bon s'obstiner avec quelqu'un comme Marcia qui, visiblement, ne se laisserait guider ni conseiller par personne? Janice commençait à se rendre compte qu'il ne fallait pas s'occuper des affaires de quelqu'un comme elle, mieux valait se contenter de la surveiller et s'abstenir de toute remarque sur le ménage ou l'absence de ménage. Il y avait des gens que cette tâche rebutait.

– Eh bien, au revoir, dit-elle. Je viendrai vous dire un petit bonjour un de ces jours.

Quand elle fut partie, Marcia prit son sac à provisions pour en vider le contenu dans la cuisine. Toutes les semaines, elle achetait quelques boîtes pour sa réserve, et elle passa un moment à les mettre en ordre. Il y avait tout un travail de classement et de tri à faire à ce sujet; on pouvait disposer les boîtes selon leur taille ou leur contenu – viande, poisson, fruits, légumes, soupe ou divers. Cette dernière catégorie comprenait des articles inclassables comme de la purée de tomates, des feuilles de vigne farcies (une fantaisie soudaine), et un dessert au tapioca. Il y avait de quoi s'occuper, et Marcia y prenait du plaisir.

Puis, comme il faisait beau, elle sortit dans le jardin et avança avec précaution dans l'herbe haute jusqu'à la remise où elle gardait ses bouteilles de lait. Il fallait vérifier de temps en temps que tout était en ordre. A l'occasion, Marcia allait jusqu'à épousseter les bouteilles. Quelquefois, elle en sortait une pour le laitier, mais il fallait veiller à ce que son stock ne baissât pas trop, car s'il y avait une situation d'urgence dans le pays comme il semblait s'en produire tant de nos jours, ou même une nouvelle guerre, il pourrait bien y avoir pénurie de bouteilles de lait. On risquait de se retrouver dans la situation de « pas de bouteille, pas de lait », comme pendant la dernière guerre. Alors qu'elle se déplaçait parmi les bouteilles, Marcia fut contrariée d'en découvrir une d'une marque étrangère au milieu des bouteilles de l'United Dairy. « County Dairies », y lisait-on. D'où venait-elle donc? Marcia n'avait pas souvenir de l'avoir remarquée auparavant, et évidemment le laitier ne la reprendrait pas – ils ne ramassaient que leurs propres bouteilles. Elle resta le litre à la main, les sourcils froncés par l'effort qu'elle faisait pour se rappeler d'où il avait bien pu venir. Puis la lumière se fit. Letty lui avait donné du lait un jour au bureau. Elle était allée passer quelques jours chez cette amie à la campagne, et elle avait ramené une bouteille de lait, en avait bu une partie pendant son repas, puis avait donné le reste à Marcia. C'était donc cela. Soudain Marcia en voulut à Letty de lui avoir « refilé » cette bouteille de lait étrangère. Il fallait l'obliger à la reprendre.

La voyant sortir de la remise une bouteille de lait à la main, Nigel, le jeune homme d'à côté, se dit que se présentait là une occasion de se comporter en bon voisin obligeant, comme sa femme Priscilla l'y exhortait toujours.

– Voulez-vous que je tonde votre pelouse, Miss Ivory? demanda-t-il, se dirigeant vers la clôture. J'ai sorti ma tondeuse.

Mais en réalité, vu la hauteur de l'herbe, une faux conviendrait mieux.

– Non, merci, dit Marcia poliment, je préfère l'herbe telle qu'elle est.

Elle rentra chez elle, songeant encore, avec rancune, à Letty et à la bouteille de lait. Il était certainement hors de question qu'elle lui proposât une chambre dans sa maison maintenant; ce n'était pas du tout le genre de personne que l'on souhaitait avoir sous son toit.

Ce soir-là, Letty s'était tapie dans sa chambre, elle écoutait. Ce n'était même pas une réunion tellement bruyante, ces explosions de cantiques et ces cris joyeux, car Mr Olatunde, le nouveau propriétaire, était prêtre d'une secte religieuse. « Aladura », avait murmuré Miss Embrey, mais ce nom n'évoquait pas grand-chose, sinon des allées et venues dans la maison et du bruit. Cette fois-ci, Letty avait peut-être vraiment la sensation de se noyer, les événements de sa vie passée se déroulaient devant elle, ces événements précis qui l'avaient conduite là où elle était. Comment se faisait-il qu'elle, Anglaise née à Malvern en 1914 de parents anglais de classe moyenne, se trouvât dans cette chambre à Londres, entourée de Nigériens exaltés criant et chantant des hymnes? Cela devait sans aucun doute être dû au fait qu'elle ne s'était pas mariée. Il n'y avait pas eu d'homme pour l'emmener et la mettre à l'abri dans quelque banlieue confortable où l'on se contentait de chanter des cantiques le dimanche et où personne ne brûlait d'enthousiasme. Pourquoi cela ne s'était-il pas produit? Parce qu'elle avait cru que l'amour était un ingrédient nécessaire au mariage? Maintenant, ayant regardé autour d'elle pendant quarante ans, elle en était moins sûre. Toutes ces années perdues, à la recherche de l'amour! Cette seule pensée suffit à ramener le silence dans la maison, et pendant l'accalmie elle trouva le courage de descendre et de frapper – trop timidement, lui sembla-t-il – à la porte de Mr Olatunde.

– Je me demande si vous ne pourriez pas faire un peu moins de bruit? dit-elle. Certains d'entre nous trouvent que c'est assez gênant.

– Le christianisme *est* gênant, répliqua Mr Olatunde.

Il était difficile de trouver une réponse à cela. En vérité Letty échoua, alors Mr Olatunde poursuivit en souriant :

– Vous êtes chrétienne?

Letty hésita. Elle allait instinctivement dire « oui », car bien sûr elle était chrétienne comme tout un chacun, même si ce n'était pas ainsi qu'elle l'aurait formulé. Mais comment expliquer à ce Noir débordant de vie la subtilité de son christianisme à elle – cette chose grise, respectable, faite d'observances mesurées et d'une bonté douce, générale, désintéressée, envers tous?

– Je suis désolée, dit-elle, se retirant, je ne voulais pas dire...

Qu'avait-elle voulu dire? Confrontée à ces gens souriants, elle avait le sentiment qu'elle ne pouvait pas vraiment répéter sa plainte au sujet du bruit.

Une belle femme en robe de couleurs vives, avec un madras noir sur la tête, s'avança.

– Nous dînons en ce moment, annonça-t-elle. Voulez-vous vous joindre à nous?

Letty pensa à Norman lorsqu'elle sentit une odeur riche et épicée flotter dans sa direction. Elle remercia la femme poliment, disant qu'elle avait déjà mangé.

– Je crains que notre cuisine nigérienne ne vous plaise guère, remarqua Mr Olatunde, avec un rien de suffisance.

– Vous avez peut-être raison.

Letty se retira, gênée par tous ces visages souriants qui semblaient l'encercler. « Nous ne sommes vraiment pas pareils », pensa-t-elle avec désespoir. Elle se demanda ce qu'Edwin, Norman et Marcia auraient fait en pareilles circonstances, mais n'aboutit à aucune conclusion. Les réactions des gens étaient imprévisibles; et tandis qu'elle pouvait imaginer Edwin conquis par l'aspect religieux de la soirée et même jouant un rôle dans le service, il était parfaitement possible que Norman et Marcia, habituellement si résolument solitaires, eussent été d'une manière inattendue attirés dans ce cercle amical. Seule Letty restait en dehors.

## VIII

On s'était déjà beaucoup interrogé au bureau sur la situation de Letty et sur ce qu'elle devait faire à ce sujet et, le temps passant, le problème devint plus urgent, en particulier quand Marya trouva un emploi logé comme gouvernante d'une famille à Hampstead, et que Miss Spurgeon prit des dispositions pour partir dans une maison de retraite.

– Vous allez être seule dans la maison maintenant, constata Norman avec jubilation. Ça va vous faire drôle, non?

C'était peut-être le troisième pépin qu'il avait prédit et qui prouvait que les malheurs marchaient toujours par trois.

– Votre nouveau propriétaire est un pasteur, n'est-ce pas? dit Marcia.

– Oui, si on veut.

Letty revit le Père Lydell confortablement adossé dans le fauteuil de Marjorie, les yeux fermés, sirotant de l'Orvieto, si différent de Mr Olatunde. Manifestement il y avait pasteurs et pasteurs, pensa-t-elle.

– Je ne voudrais pas lui faire de peine, confia-t-elle, en critiquant les gens qui habitent dans la maison. Il a l'air très gentil.

– N'avez-vous pas d'amie avec qui vous pourriez vivre? suggéra Edwin. En dehors de celle qui se marie?

Une femme comme Letty devait avoir beaucoup d'amies, il y avait une multitude de femmes sympathiques comme les auxiliaires de l'armée et une partie – pas la totalité, certes – des fidèles de son église. Ce genre de femmes ne manquait certainement pas. On en rencontrait partout.

– L'idéal est d'avoir des parents, affirma Norman. Ils sont obligés de faire quelque chose. Après tout, la famille c'est la famille, quel que soit le degré de parenté, on peut compter dessus.

Letty songea à certains de ses cousins, qu'elle n'avait pas vus depuis l'enfance, et qui habitaient maintenant quelque part dans l'ouest de l'Angleterre. Elle pouvait difficilement espérer que n'importe lequel d'entre eux lui offrît un toit.

– Avez-vous déjà pensé à prendre un locataire? demanda Edwin, se tournant vers Marcia.

– L'argent pourrait vous être utile, ajouta Norman, quand vous serez à la retraite.

– Oh, je n'aurai pas besoin d'argent, déclara Marcia avec impatience. Je n'aurai pas besoin de louer une chambre.

« Impensable » – c'était le mot qui lui était venu à l'esprit après la suggestion d'Edwin – l'idée d'offrir un toit à Letty, surtout quand elle pensait à cette bouteille de lait. Mais Letty n'en aurait pas envie non plus. Déjà elle protestait, visiblement gênée pour Marcia et pour elle-même.

– Il y a des organismes et des gens désireux d'aider les femmes, dit Edwin d'un ton incongru.

– Il y a une jeune femme qui vient me voir quelquefois et qui a l'air de penser que j'ai besoin d'aide, ricana Marcia. C'est le contraire, si vous voulez mon avis.

– Mais vous avez été à l'hôpital, lui rappela Edwin. Je crois que c'est pour ça qu'ils veulent veiller sur vous.

– Oh, oui, mais je continue à voir Mr Strong à ce sujet, expliqua Marcia en souriant. Je n'ai pas besoin que des jeunes viennent me dire de ne pas manger des petits pois en boîte.

– Ça fait tout de même du bien de savoir que les gens ne sont pas indifférents, dit Letty vaguement, pensant que cela devait dépasser le problème des petits pois en boîte. J'imagine que quelque chose se présentera quand je partirai à la retraite – après tout, je n'y suis pas encore.

– Mais vous y serez bientôt, lui rappela Norman, et la retraite que vous toucherez ici, en plus de ce que l'État vous donne, ne sera pas bien grasse. Et puis, il faut penser à l'inflation, ajouta-t-il, peu secourable.

– L'inflation ne fait pas exactement partie des choses que l'on peut prévoir, soupira Letty. Ça vous tombe dessus à l'improviste, c'est tout.

– Ne m'en parlez pas, dit Norman, et fouillant dans sa poche, il en sortit la note de sa dernière visite au supermarché. Écoutez-moi ça!

Et il se mit à la lire à haute voix.

C'était la hausse des prix de la soupe en boîte et des haricots beurre qui semblait le plus l'affecter, cela donnait une bien curieuse idée de son régime. Personne ne hasarda de commentaire ou même ne l'écouta. Marcia pensait avec satisfaction à son placard bien pourvu, et Letty décida qu'elle déjeunerait tôt et irait en bus voir les boutiques d'Oxford Street. Seul Edwin, considérant peut-être qu'il faisait partie des gens désireux d'aider les femmes, continua à penser à Letty et à son problème.

Le 1er novembre, jour de la Toussaint, tomba un jour de semaine. Il y eut une messe du soir, avec une assistance assez nombreuse, et le dimanche suivant Edwin prit part à la petite collation – café et biscuits – qui suivit l'office du matin dans une église où il allait de temps en temps parce qu'il avait autrefois habité le quartier. Ce n'était pas son église habituelle, mais il l'avait choisie tout spécialement en pensant à Letty.

La préparation du café était en soi un rituel confié à quelques femmes membres de la paroisse, qu'Edwin connaissait toutes pour les avoir vues de temps en temps à l'église. Quand il entra dans le vestibule, pièce austère décorée de façon criarde par des membres du club des jeunes, il entendit la voix d'une vieille femme s'élever pour donner son avis au sujet des biscuits.

– Il n'est absolument pas nécessaire de manger des biscuits avec le café, déclara-t-elle. Nous n'avons besoin de rien d'autre que d'une boisson chaude.

– J'aime bien avoir quelque chose à grignoter avec mon café, protesta une petite femme toute ronde en manteau gris. Nous savons tous que Mrs Pope est encore formidable pour son âge, mais les personnes âgées n'ont pas besoin de manger beaucoup, c'est un fait. Si l'on avait su avant que la boîte de biscuits était vide, on aurait pu s'en occuper – la remplir – en racheter d'autres.

Edwin interrompit cette controverse d'une manière qui pouvait paraître brutale.

– Je crois que l'une de vous, mesdames, a une chambre à donner, déclara-t-il.

Il y eut un silence, un silence gêné, lui sembla-t-il, et les deux femmes se mirent à trouver des prétextes comme des gens que l'on invite à un repas de noces –

la chambre était à peine plus grande qu'un placard, elles y avaient mis toutes les affaires pour la vente de charité de la paroisse, elles pouvaient en avoir besoin pour loger un parent. Le dernier argument était de poids, mais Edwin persévéra. Il n'avait pas réfléchi à ce qu'il allait dire ensuite, et il se rendait compte à présent qu'il aurait peut-être mieux valu commencer par décrire Letty et donner un aperçu de la nature de ses problèmes, en insistant sur le besoin qu'elle avait d'une chambre, de façon à jouer sur le sens du devoir et toucher les cœurs. Mais comment décrire Letty? Une amie? Ce n'était pas exactement le cas, et le fait qu'elle soit célibataire ferait probablement jaser. Une dame que je connais? Cela ressemblait trop à une cachotterie malicieuse. Une femme qui travaille dans mon bureau? Ce serait certainement la meilleure solution. Les mots femme, travail, bureau, constituaient l'image rassurante d'une personne du beau sexe, qui serait absente toute la journée et pourrait même être une compagne agréable quand elle serait dans la maison.

Edwin poursuivit donc, adoptant un ton confidentiel :

– Vous comprenez, voici de quoi il s'agit. Une femme qui travaille dans mon bureau a un problème. La maison où elle habite a été vendue avec ses locataires, et le nouveau propriétaire et sa famille ne sont pas exactement ce à quoi elle était habituée, assez bruyants, en fait.

– Des Noirs? demanda Mrs Pope sèchement.

– C'est à peu près ça, admit Edwin d'un air aimable. Mais vous savez, Mr Olatunde est un homme très bon – un prêtre, dans un certain sens.

– Comment peut-on être prêtre dans un certain

sens? demanda Mrs Pope. Soit il est prêtre, soit il n'est pas prêtre. De deux choses l'une.

– Il est prêtre d'une secte religieuse africaine, expliqua Edwin. Et naturellement, leurs offices ne sont pas tout à fait comme les nôtres – il y a beaucoup de chants et de cris, c'est bruyant...

– Et cette femme – dame, car il s'agit d'une dame, je l'espère?

– Oh, absolument. Avec elle il n'y aurait pas de problème de ce genre, affirma Edwin, en se disant que Letty était à tous égards une personne très bien, s'il fallait émettre un jugement de cet ordre.

– Elle souffre du bruit là où elle habite?

– Oui, car c'est une personne très tranquille.

Il fallait insister là-dessus.

– Bien sûr, j'ai une grande pièce derrière, et il serait peut-être bon d'avoir quelqu'un dans la maison.

Edwin se rappela que Mrs Pope vivait seule.

– On peut faire une chute dans l'escalier, se prendre les pieds dans un tapis et ne pas pouvoir se relever...

– Vous pourriez rester étendue pendant des heures avant que quelqu'un vienne..., renchérit la petite femme toute ronde.

– On a les os si fragiles à mon âge, soupira Mrs Pope. Une fracture peut entraîner des complications graves.

Edwin sentait qu'on perdait le sujet de vue. Il voulait conclure l'affaire, avec Letty dans la chambre. Bien sûr, Mrs Pope était âgée, mais elle était active et indépendante, et il était certain que Letty, étant une femme, lui serait d'un grand secours en cas de maladie ou d'accident. Le tableau commençait maintenant à prendre forme dans son esprit, la vie de Letty s'écoulant paisiblement au rythme du calendrier religieux. La Toussaint aujourd'hui, puis le Jour des Morts, personne n'était indifférent à la commémoration des saints et des disparus. Puis viendrait l'Avent, suivi de près – de trop près, à son gré – par Noël. Après Noël, le lendemain de Noël, la fête de Saint-Stephen, qui n'était guère observée en tant que telle, à moins de correspondre avec la fête patronale; puis les Saints-Innocents, Saint-Jean l'Évangéliste, et l'Épiphanie. La conversion de Saint-Paul et la Chandeleur (où l'on chantait habituellement l'un des hymnes les moins réussis de Keble) étaient suivies de bien près par les dimanches avant le Carême, mais les soirées s'allongeaient. Le mercredi des Cendres était un point de repère important – la messe du soir et l'Imposition des Cendres, la marque noire sur le front, « poussière tu es et tu retourneras à la poussière » – tout le monde n'aimait pas ce rituel, jugé « morbide » ou « pas très agréable ».

– Il y a bien sûr un lavabo avec eau chaude dans la chambre, et elle pourrait utiliser la salle de bains de temps en temps. Elle n'aurait pas besoin d'un bain tous les soirs, n'est-ce pas?

Il n'était pas bon de se laver trop fréquemment, se plonger constamment dans l'eau chaude desséchait la peau...

Mrs Pope était en train d'apprivoiser l'idée d'accepter Letty, pendant qu'Edwin lui faisait parcourir le calendrier religieux, mais il aurait du mal à lui dire à quelle fréquence sa locataire voudrait prendre un bain.

Tout le monde savait évidemment ce qu'était le Carême, même si l'on n'en tenait pas compte, car le dimanche des Rameaux annonçait alors les manifestations de la semaine sainte. Certes ce n'était plus comme autrefois, mais il restait encore quelque chose du jeudi saint, du vendredi saint et du samedi saint avec leurs cérémonies, prélude au dimanche de Pâques. Le dimanche après Pâques manquait toujours un peu de relief, après tout ce qui s'était passé avant, mais le jour de l'Ascension n'était pas bien loin, et ensuite le dimanche de la Pentecôte. Puis, on avait la Fête Dieu avec une procession en plein air s'il faisait beau, puis le dimanche de La Trinité, suivi de tous ces longs dimanches chauds d'été, avec les chasubles vertes, et de temps à autre la fête d'un saint particulier... Il en avait toujours été ainsi, et il en serait toujours ainsi, malgré ces curés dans le vent qui essayaient d'introduire dans l'Église des pratiques prétendument modernes, rock and roll, guitares et discussions sur le tiers monde à la place des vêpres. Le seul problème était qu'Edwin n'était pas sûr du tout que Letty allât à l'église. Elle n'avait jamais rien dit quand il avait abordé le sujet au bureau. Enfin, quand elle serait installée dans la grande chambre de Mrs Pope et qu'elle serait à la retraite, qui pouvait prévoir le tour que prendrait sa vie?

## IX

– C'est donc vous, Miss Crowe.

On aurait pu imaginer accueil plus chaleureux, pensa Letty mais qu'y pouvait-elle si ce n'est répéter qu'elle était bien Miss Crowe, et supposer que la femme qui l'observait par la porte à peine entrouverte devait être Mrs Pope? Et après tout, pourquoi attendre une attitude amicale, puisque leurs relations allaient être celles de propriétaire à locataire? Il ne fallait en aucun cas considérer que l'amitié irait de soi. Il n'était manifestement pas raisonnable d'attendre quoi que ce fût comme chaleur humaine. D'ailleurs, le taxi était allé se perdre loin vers le nord, même si l'adresse n'était que NW6.

C'était peu de temps avant Noël – le jour de la Sainte-Lucie, comme le lui avait rappelé Edwin, bien qu'il semblât que le saint n'eût pas de rapport avec le déménagement. Norman, bien sûr, avait beaucoup insisté sur le fait que c'était le jour le plus court.

– Tâchez d'y arriver tôt, lui conseilla-t-il. Il ne faut pas que vous vous trouviez à errer dans un quartier inconnu après la tombée de la nuit.

– On est obligé d'être prudent, continua Mrs Pope en ouvrant un peu plus grand la porte. Il y a tellement d'imposteurs de nos jours.

Letty ne pouvait qu'agréer, bien que Mrs Pope ne lui parût pas être femme à s'en laisser conter par un imposteur. Edwin s'était borné à donner ses impressions et à faire la description d'une femme dans sa quatre-vingtième année qui était « formidable pour son âge ». Letty constatait maintenant qu'elle avait en face d'elle un personnage imposant avec des traits nobles, presque romains, et une masse d'épais cheveux blancs, une de ces chevelures que l'on qualifie parfois « d'abondante », coiffée d'une manière recherchée et démodée.

Après la vitalité et la chaleur de la maison de Mr Olatunde, celle de Mrs Pope paraissait austère et silencieuse, avec ses meubles lourds et sombres et son horloge de grand-père qui faisait un de ces tic-tac qui vous tiennent éveillé jusqu'à ce que vous en preniez l'habitude. On montra à Letty la cuisine où elle pourrait préparer ses repas, et un placard où elle mettrait ses provisions. La salle de bains et les toilettes furent désignées du doigt, n'étant pas le genre de pièce que l'on faisait visiter. En entrant dans les toilettes, Letty constata que la fenêtre donnait sur les jardins de derrière, avec des souches noires sur la terre glacée, et au-delà, la voie ferrée où les trains passaient avec fracas dans une espèce d'hinterland, enfin à l'air libre après un long trajet sous terre. Ce n'était vraiment pas le type de quartier que l'on aurait choisi pour y vivre, mais naturellement ce n'était que provisoire et « nécessité fait loi », comme Norman s'était empressé de le lui rappeler.

La chambre elle-même était plutôt agréable, modestement meublée, ce qui était une bonne chose, et il y avait un lavabo avec eau chaude et froide, ainsi que l'avait dit Edwin. Letty avait l'impression d'être une gouvernante prenant un nouvel emploi, dans un roman de l'époque victorienne, mais il n'y aurait pas d'enfants ici, et pas la moindre chance de vivre un amour romantique avec le maître de maison devenu veuf ou avec le plus beau des fils de la famille. La situation où se trouvait Letty n'avait guère existé dans le passé. Aujourd'hui, c'étaient les femmes seules qui travaillaient, ou bien les « femmes d'affaires » célibataires des publicités, qui avaient le plus de chances de débarquer dans des lieux étrangers. Letty avait souvent eu l'occasion de faire cela, ranger ses vêtements dans les tiroirs et l'armoire mis à sa disposition, et sortir ses biens personnels, les choses qui pouvaient donner une idée de ce qu'elle était. Il y avait ses livres, des anthologies de poésie, mais rien de plus récent que *Poèmes d'Aujourd'hui*, deuxième volume, et le dernier livre emprunté à la bibliothèque, son transistor, une coupe de jacinthes en boutons, son tricot dans un sac de cretonne fleuri. Il n'y avait pas de photographies. Pas même de son amie Marjorie ou de sa vieille maison, de ses parents, d'un chat ou d'un chien.

Au moins, Mrs Pope la laissait-elle seule ce premier soir, pensa Letty, alors qu'elle préparait un œuf poché sur toast dans la cuisine silencieuse. Plus tard, couchée dans son lit, incapable de trouver le sommeil cette première nuit dans un lit inconnu qui lui serait bientôt aussi familier que son propre corps, elle comprit qu'elle avait pris une initiative, qu'elle avait franchi le pas, qu'elle s'en sortait. Pendant ses heures d'insomnie, elle entendit des pas sur le palier, et soudain un bruit sourd. Et si Mrs Pope faisait une chute? C'était une personne âgée et elle était lourde – la soulever serait difficile. Letty espérait qu'elle n'aurait pas à se débattre avec un problème de cet ordre, mais elle finit par s'endormir et n'entendit plus rien.

Le matin suivant au bureau, il y avait de l'attente dans l'air, presque de l'excitation. Ils voulaient tous savoir comment s'était passée l'installation de Letty dans sa nouvelle chambre. Edwin avait des airs de propriétaire quand il était question du déménagement – après tout, c'était son droit puisqu'il lui avait trouvé cette chambre – et les autres avaient le sentiment que ce n'était tout de même pas rien que de l'avoir délivrée, pour ainsi dire, de Mr Olatunde.

– J'espère seulement que ce n'est pas tomber de Charybde en Scylla, observa Norman. Faites attention de ne pas vous retrouver avec une vieille personne sur les bras et tout ce que cela entraîne.

– Oh, Mrs Pope est très indépendante, lança Edwin. Elle est membre du conseil paroissial, et très active.

– C'est bien possible, reconnut Norman, mais cela n'implique pas forcément une maîtrise parfaite de ses jambes. Elle pourrait tomber, vous savez.

– Oui, cette pensée m'est venue cette nuit, avoua Letty. Mais cela peut arriver à n'importe qui. Nous pourrions tous tomber.

Personne ne parut disposé à approfondir ce sujet. Edwin répéta ce qu'il avait pensé quand il avait abordé la question pour la première fois avec Mrs Pope.

– Oh, une femme sait quelles mesures prendre dans ce genre de circonstance, répliqua-t-il à Norman sur un ton assez vif. Il n'est pas utile de faire des histoires comme vous ou moi en ferions si nous nous trouvions dans une telle situation.

– L'égalité des chances! dit Norman. C'est une des choses que nous les hommes préférons laisser aux dames. De toute façon, en quoi est-on responsable d'une chose comme celle-là, pouvez-vous me le dire?

– La responsabilité qu'un être humain a toujours vis-à-vis d'un autre, c'est tout, déclara Letty. J'espère que je saurais agir pour le mieux.

– Mais quelquefois il n'est pas recommandé de déplacer une personne qui a fait une chute, insista Norman. On peut faire plus de mal que de bien.

– On doit appeler une ambulance, affirma Marcia, participant pour la première fois à la discussion. Les ambulanciers savent quelles mesures prendre. Vous pouvez vous servir de la cuisine quand vous voulez? continua-t-elle, se sentant encore très vaguement coupable de n'avoir pas proposé à Letty de la loger, mais évidemment, comme elle ne cessait de se le dire, ça n'aurait pas marché. Et une fois de plus, elle avait oublié d'apporter cette bouteille de lait au bureau.

– Oui, tout se passe bien, semble-t-il. J'ai fait cuire mon dîner et préparé mon petit déjeuner. Il y a une cuisinière électrique, ce à quoi je suis habituée, et j'ai plein de place pour ranger mes affaires.

– C'est tellement important d'avoir beaucoup de place pour les conserves, observa Marcia. Vous devriez insister là-dessus. Il ne serait pas agréable de garder tout dans la pièce où vous dormez.

– Moi, je suis obligé de tout garder dans la seule pièce que je possède, dit Norman.

– Eh bien, nécessité fait loi, comme vous aimez tant nous le rappeler, intervint Edwin. J'espère seulement qu'à la longue ce déménagement sera une bonne chose. Je me sentirais responsable si quelque chose n'allait pas.

– Vous avez tort, le rassura Letty. C'est l'affaire de chacun de s'adapter aux circonstances.

– C'est à vous de faire en sorte que ça marche, résuma Norman avec bonne humeur. C'est tout le secret.

Mrs Pope attendit que Letty soit partie de la maison pour quitter son salon au rez-de-chaussée et monter à l'étage. « Elle ira à pied jusqu'à l'arrêt de bus ou la station de métro », pensait-elle, en entrant dans la chambre de Letty, sachant qu'elle ne serait pas de retour avant six heures et demie.

Celle-ci n'avait pas demandé à avoir une clef, et Mrs Pope trouvait qu'il était de son devoir de vérifier que tout était en ordre. Il ne serait pas non plus inutile de se faire une idée sur place du genre de personne qu'était sa nouvelle locataire.

Mrs Pope fut d'abord frappée par l'ordre et la netteté. Elle en éprouva une légère déception, car elle avait espéré trouver des choses intéressantes çà et là dans la pièce. Naturellement, elle s'attendait à ce que quelqu'un recommandé par Mr Braithwaite – pour elle, il n'était pas Edwin – fût respectable, allât même à l'église. Mais elle fut surprise de ne pas trouver de livre pieux sur la table de nuit, pas même une bible, juste un roman de la bibliothèque de Camden. Mrs Pope aurait eu du respect pour une biographie, mais elle ne s'intéressait pas aux romans et elle ne s'y attarda pas. Portant son attention sur le lavabo, elle remarqua du talc et du déodorant, un pot de crème de beauté et un tube de comprimés Stéradent, en plus des brosses à dents, du dentifrice et d'un gant de toilette à fleurs. Le petit placard au-dessus du lavabo ne contenait que de l'aspirine et un laxatif végétal, pas de médicaments exotiques, mais il pouvait fort bien y avoir quelques comprimés dans son sac à main. Il y avait sur la coiffeuse un assortiment de produits de beauté, rangés avec soin. Après un coup d'œil rapide par-dessus son épaule en direction de la porte, Mrs Pope ouvrit le tiroir du haut. Il contenait plusieurs paires de bas et de collants bien pliés, des gants, des foulards, et une petite boîte à bijoux en cuir. Dans la boîte à bijoux il y avait un petit collier de perles, manifestement fausses, deux ou trois autres colliers, quelques paires de boucles d'oreilles et deux bagues, l'une en or partiellement sertie de minuscules diamants (la bague de fiançailles de sa mère?), et l'autre, un anneau d'argent bon marché avec une aile de papillon. « Aucun objet de valeur ou d'un quelconque intérêt », décida Mrs Pope. La commode renfermait du linge de corps, d'une propreté immaculée, bien plié, et des chandails et des chemisiers, dans un ordre tout aussi parfait. Le contenu de l'armoire était plus ou moins ce que laissait supposer le reste de la pièce, et Mrs Pope se contenta d'un rapide coup d'œil sur les robes, les ensembles et les jupes qui s'y trouvaient suspendus. Il y avait aussi un ensemble-pantalon, comme les femmes de l'âge de Letty s'étaient mises à en porter, costume tout aussi respectable et approprié que le reste des vêtements. Un seul objet attira l'attention de Mrs Pope, c'était un kimono de coton dans un imprimé assez gai, il semblait détonner au milieu des affaires de Miss Crowe. Avait-elle eu autrefois un parent missionnaire qui aurait pu lui faire ce cadeau? Il y avait des choses que l'on pouvait difficilement demander, mais elle ne manquerait pas de voir un jour Miss Crowe sortir de la salle de bains en kimono. Insatisfaite, Mrs Pope redescendit. Tout ce qu'on pouvait dire, et c'était bien peu, était que Miss Crowe semblait être la locataire idéale, ou du moins Mrs Pope n'avait pas trouvé de preuves du contraire.

# X

« Noël ne vient qu'une fois l'an,
Et quand il arrive, il apporte la joie. »

Norman récita le dicton avec un soupçon de sarcasme dans la voix. Personne n'alla le contredire ni ne s'indigna de son ton, car Noël est un moment difficile pour ceux qui ne sont plus jeunes et qui sont sans parents proches ou personnes à charge, et chacun au bureau pensait aux épreuves particulières et aux difficultés que cette prétendue période de fête entraînerait dans son sillage. Seul Edwin allait passer Noël de la manière traditionnelle et consacrée dans son rôle de père et de grand-père. « Noël est la fête des enfants », disaient volontiers les gens, et il ne le contestait pas, bien qu'il eût de beaucoup préféré demeurer seul chez lui durant cette période, et se contenter de prendre un verre avec le Père G. entre les offices, pour marquer le côté profane de l'événement.

Norman pour sa part avait été invité à partager le repas de Noël avec son beau-frère Ken et son amie, celle qui allait probablement remplacer sa défunte femme, sœur de Norman.

– Après tout, il n'a personne, avaient-ils dit, comme à l'époque où ils avaient proposé à Norman de rendre visite à Ken à l'hôpital.

– Pourquoi ne pas les aider à venir à bout de leur dinde?

C'est ainsi que Norman prenait l'invitation, et comme il n'y avait pas de transports en commun ce jour-là, Ken viendrait le chercher et le reconduirait en voiture, rien de plus facile, cette fichue automobile avait parfois son utilité.

C'étaient les femmes – Letty et Marcia – qui constituaient le véritable sujet d'inquiétude, ou « posaient problème », comme le disait Janice Brabner. Elles n'avaient pas de parents avec qui passer Noël, et les fêtes étaient depuis de nombreuses années maintenant une période à traverser le plus vite possible. Letty avait souvent rendu visite à son amie à la campagne. Mais cette année Marjorie avait le Père Lydell, fixé à jamais dans la mémoire de Letty, confortablement installé dans un fauteuil, sirotant un vin choisi, un bourgogne assurément, ou même un bordeaux, un vin chaud en tout cas, étant donné la saison, mais bourgogne ou bordeaux, peu importait, elle avait le sentiment qu'elle serait de trop cette année, et de toute manière il n'y avait pas eu d'invitation. Elle y avait deviné de la gêne de la part de Marjorie qui avait été obligée de garder le silence. Il semblait donc que pour Marjorie aussi les fêtes n'apporteraient pas détente et bonheur parfaits. Dans une guerre, il n'y a ni vainqueur ni vaincu, comme on dit; l'idée n'était peut-être pas tout à fait pertinente, mais il y avait tout de même du vrai.

Avec le temps, Marcia se souciait de moins en moins de Noël. Du vivant de sa mère, c'était un moment paisible qui n'était marqué que par l'achat d'une volaille plus grosse que d'habitude – leur boucher leur recommandait généralement « un beau chapon », parfait pour deux dames qui passent Noël seules – de quelques gâteries pour elles, et pour Snowy, le vieux chat, il y avait les restes du poulet. Après la mort de sa mère, Snowy avait suffi à Marcia comme compagnie, et quand il eut disparu, le jour de Noël n'eut plus tellement de raison d'être, et se fondit peu à peu dans le reste des vacances jusqu'à ne plus s'en distinguer en rien.

« Il faut faire quelque chose au sujet de Miss Ivory. »

Nigel et Priscilla s'étaient mis d'accord sur ce point. Noël était la période où il fallait « faire » quelque chose pour les vieux, ou « les personnes âgées », pour parler plus noblement, bien que cette expression, dans l'esprit de Priscilla, évoquât l'image de frêles dames orientales plutôt que de gens comme Miss Ivory.

– Le pire, c'est la solitude – c'est du moins ce qu'on prétend, dit Priscilla. Ces pauvres gens meurent d'envie de parler à quelqu'un.

Un soir, elle avait rencontré Janice Brabner qui avait décidé de rendre visite à Marcia, mais elle avait sonné et frappé à sa porte sans succès.

– Elle ne respire pas la joie, avait-elle constaté, si tant est que le mot « joie » pût venir à l'esprit.

Janice partait pour Noël, et elle était inquiète au sujet de Marcia, alors Priscilla lui avait promis de s'en occuper, et même de l'inviter à déjeuner. La dinde du jour de Noël ne fournissait-elle pas l'occasion idéale? Nigel n'en était pas convaincu.

– Elle n'est pas si vieille que ça, avait-il objecté. Elle est assez indépendante pour aller travailler malgré ses côtés bizarres. Il serait gentil de l'inviter sans doute, mais je n'arrive pas vraiment à l'imaginer avec tes grands-parents. Elle serait déplacée.

– Peut-être qu'elle refusera l'invitation, répondit Priscilla. Mais je me sens obligée de le faire.

– Le jour où je lui ai proposé de tondre la pelouse, elle n'a pas voulu, remarqua Nigel plein d'espoir.

– Mais Noël, ce n'est pas tout à fait la même chose, insista Priscilla, et ce fut manifestement le sentiment de Marcia aussi, car elle consentit même à sourire quand on l'invita.

Bien sûr, les grands-parents furent extraordinairement gentils avec elle, tant ils étaient reconnaissants de ne pas compter parmi les vieux pour lesquels il faut « faire » quelque chose. La grand-mère de Priscilla était si élégante en rose et blanc, ses cheveux magnifiquement coiffés et ses vêtements pastel si soignés, quel contraste avec Marcia, sa teinture sommaire et sa robe particulièrement horrible d'un bleu vif fort peu seyant. Les grands-parents vivaient leur retraite de façon si utile et si active dans le Buckinghamshire – chacune de leur journée était si pleine et si intéressante, et leur séjour chez Priscilla à Londres serait rempli d'activités dignes d'intérêt, soirées au théâtre et visites de galeries d'art. Que *faisait* Marcia, ou plutôt que ferait-elle quand elle partirait à la retraite l'année prochaine? On hésitait à se le demander, et quand la question lui fut posée, avec politesse et amitié, elle donna lieu à une de ces réponses qui ne mènent nulle part. Marcia ne rendit pas non plus vraiment honneur au repas traditionnel de Noël. L'atmosphère se gâta légèrement quand on découvrit qu'elle ne buvait pas, et l'espoir qu'elle mangerait bien fut déçu quand elle laissa la plus grande partie de sa modeste part sur le bord de son assiette. Elle murmura quelque chose, qu'elle avait un tout petit appétit, mais Priscilla pensa qu'elle aurait pu au moins avoir la politesse de feindre de se régaler quand on s'était donné tant de mal. Et pourtant, Janice l'avait bien prévenue – avec ces gens-là il ne fallait pas forcément attendre de récompense, il fallait persévérer, c'était tout. Peut-être les choses auraient-elles été plus faciles si Marcia avait été franchement plus vieille, une vraie petite vieille.

Après le repas, ils s'assirent autour du feu pour le café et on passa des chocolats. Tout le monde se sentait pris d'une agréable envie de dormir et on aurait aimé fermer les yeux, s'affaler dans un fauteuil, mais la présence de Marcia l'interdisait. Il semblait impossible de piquer un petit somme avec ce regard en bouton de bottine fixé sur soi. Ils furent tous soulagés quand soudain elle se leva et dit qu'elle devait partir.

– Comment allez-vous passer le reste des fêtes? demanda Priscilla, comme si elle tenait absolument à se punir jusqu'au bout. Avez-vous quelque chose de prévu pour le lendemain de Noël?

Le lendemain de Noël? Marcia avait l'air de ne pas comprendre ce qu'elle voulait dire, mais après un silence elle déclara avec une certaine pompe :

– Nous qui travaillons dans les bureaux attachons du prix à notre temps libre, et nous n'avons pas besoin de faire des projets élaborés.

Bien entendu cela n'admettait aucune réplique, mais ils furent tous reconnaissants de n'avoir plus à se soucier de son Noël.

Le lendemain, Marcia se leva tard et passa la matinée à mettre de l'ordre dans un tiroir plein de vieux journaux et de sacs en papier, ce qu'elle voulait faire depuis longtemps. Puis elle vérifia le contenu de son placard à provisions, mais elle ne mangea rien jusqu'au soir où elle ouvrit une petite boîte de pilchards qui lui restait de la réserve de Snowy; elle n'entamait donc pas vraiment les siennes. Elle avait entendu dire ou lu quelque part que les pilchards étaient assez riches en protéines, mais ce n'était pas la raison pour laquelle elle avait ouvert cette boîte en particulier. Elle ne se souvenait même pas que le jeune docteur à l'hôpital lui avait dit qu'elle devrait manger davantage.

Letty avait décidé d'affronter Noël avec courage et une espèce d'audace délibérée; avec détermination elle tiendrait à distance la solitude qui la guettait. Ce n'était pas vraiment qu'elle appréhendât d'être seule car elle y était habituée; c'était plutôt l'idée que les gens pourraient apprendre qu'elle n'avait pas été invitée ce jour-là et qu'ils auraient pitié d'elle. Elle endura les articles de journaux et les émissions de radio qui exploitaient le sentiment de culpabilité de tous ceux qui n'étaient ni vieux ni seuls, ni assez heureux pour avoir un quelconque parent ou voisin à inviter chez eux pour Noël; elle se disait qu'au moins *elle* n'avait pas à se sentir coupable pendant cette période de fêtes. Marjorie ne semblait pas non plus éprouver de sentiment de cet ordre, songea Letty, car elle n'avait pas mentionné le fait que Letty pourrait passer Noël avec elle, et elle lui avait envoyé sa carte de vœux et son cadeau (un bain moussant et de la crème pour les mains dans un emballage fantaisie) particulièrement tôt, de façon à éviter tout malentendu à ce sujet. « Je n'aurais pas voulu y aller de toute façon », se dit Letty vaillamment, « pas avec David Lydell dans la maison ». Même avec la lourde charge des offices de Noël, il ne manquerait pas de trouver tout le temps d'être avec sa fiancée et, repensant au pique-nique, Letty ne se voyait pas tellement dans le rôle de chaperon.

Letty se prépara donc à passer Noël seule, car elle avait cru comprendre que Mrs Pope allait chez sa sœur qui habitait un village du Berkshire. Mais à la dernière minute, ses projets se modifièrent, il y eut plusieurs coups de téléphone, et finalement Mrs Pope annonça qu'après tout elle ne partait pas. Le changement était dû à une dispute à propos du chauffage, la sœur de Mrs Pope étant apparemment trop avare pour mettre en route les radiateurs à accumulation avant janvier, et sa maison étant non seulement froide mais aussi humide et sombre.

– Je n'irai certainement pas. Pas plus aujourd'hui que *jamais*, déclara Mrs Pope, debout dans une attitude militante près du téléphone, avec toute la dignité de ses quatre-vingt et quelques années.

– C'est si important, la chaleur, l'approuva Letty en pensant aux conversations au bureau à propos d'hypothermie.

– Avez-vous quelque chose de spécial pour votre repas de Noël? demanda alors Mrs Pope.

Il n'était pas venu à l'idée de Letty que sa propriétaire pourrait lui proposer un quelconque repas de fête ou une mise en commun de leurs ressources, car elles n'avaient pas mangé ensemble jusqu'alors, malgré maintes rencontres dans la cuisine où elles préparaient leur petit déjeuner ou dîner respectifs. Elle répugna tout d'abord à avouer qu'elle avait acheté un poulet, car il semblait presque grossier d'envisager de manger toute seule ne serait-ce qu'un tout petit volatile, mais quand elle comprit ce que Mrs Pope avait en tête, elle dut passer aux aveux.

– J'ai du jambon, et un « Christmas pudding » que j'ai fait l'année dernière, il sera donc préférable que nous mangions ensemble, déclara Mrs Pope. Deux femmes dans la même maison qui mangent leur repas de Noël séparément, c'est ridicule quand on y pense. Non que j'attache de l'importance à ce que je mange à Noël – les gens âgés n'ont pas à se gaver en quelque occasion que ce soit, ce n'est vraiment pas raisonnable.

N'ayant pas le choix, Letty écouta donc Mrs Pope redire que la plupart des gens mangeaient avec excès, son sujet favori. Cela n'augurait pas un bon repas, et Letty ne put s'empêcher de se dire qu'en de telles circonstances elle aurait peut-être mieux fait de garder sa chambre dans la maison de Mr Olatunde. Elle n'aurait pas été exclue d'un joyeux Noël nigérien, et une nouvelle fois, elle se demanda si elle n'avait pas commis une erreur en déménageant. Enfin, la journée de Noël touchait presque à sa fin, l'épreuve était terminée, c'était le principal.

La radio offrait un choix de sketches comiques, avec un studio plein de spectateurs braillards, et elle n'était pas d'humeur à cela, ou bien des chants de Noël, évocateurs de tristes souvenirs d'enfance et des jours qui ne reviendront jamais. Alors elle prit son livre de bibliothèque et se mit à lire, se demandant à quoi avait ressemblé le Noël de ses collègues de bureau. Puis elle se rappela que les soldes de Kensington commençaient le surlendemain de Noël, et cela lui remonta le moral.

– Dis donc, tu fais la fête! lança Norman, avec une bonne humeur inhabituelle, quand Ken se resservit à boire.

– Oui, j'ai toujours pensé qu'avec un bon repas comme celui que nous venons de manger, il faut ce qu'il faut, répondit Ken.

– J'espère seulement que tu ne t'en repentiras pas.

Norman ne put s'empêcher de lui gâcher un peu son plaisir. Après tout, la dernière fois qu'il avait vu

Ken, il était couché sur le ventre dans le service de chirurgie pour hommes, et il n'était pas très fier de lui. Mais maintenant il semblait que tout allait bien, avec son amie – Joyce, mais on l'appelait Joy – qui non seulement ne manquait pas d'allure et savait fort bien faire la cuisine, mais avait un peu d'argent à elle, et avait même réussi l'examen de l'Institut des Automobilistes Confirmés, appellation pour le moins obscure. Ken avait donc de bonnes raisons de faire la fête.

« Eh bien, qu'ils s'en donnent à cœur joie, à jouer les tourtereaux devant l'évier de la cuisine avec leur vaisselle », pensa Norman, qui s'était assis près du feu, comme ils avaient insisté pour qu'il le fît quand il avait tièdement proposé son aide.

– Mettez-vous à l'aise, lui recommanda Joy. Reposez-vous un peu – après tout, vous faites partie des classes laborieuses.

Norman se disait que c'était leur cas à tous, si l'on y réfléchissait, même si lui et Ken passaient le plus clair de leur temps assis, Ken coincé dans le siège passager d'une auto-école et lui, Norman, à son bureau ne faisant fichtre rien. Enfin, il ne répugnait pas à un moment de repos, surtout après un bon repas.

Il était toujours agréable de voir brûler du charbon et de ne pas avoir à se demander si l'on avait les pièces de monnaie nécessaires pour prolonger le chauffage.

– Où est-ce qu'il habite exactement? demanda Joy, ses mains roses gantées de caoutchouc plongées dans l'eau de vaisselle.

– Norman? Oh, il loue une chambre – à Kilburn Park.

– Seul, tout le temps. Ça ne doit pas être drôle.

– Beaucoup de gens vivent seuls, remarqua Ken.

– Oui, mais à Noël... c'est quand même un peu triste.

– Et alors? Nous l'avons invité aujourd'hui, non? Je ne vois pas ce que nous pouvons faire de plus.

– Tu n'as jamais pensé à partager ta maison?

– *Partager?* Tu veux rire!

– Oh, je ne pense pas à l'immédiat. Mais quand ta femme, quand Marigold... » Joy osait à peine prononcer ce nom, car elle ne s'y était jamais habituée et n'avait jamais vraiment cru que la femme de Ken avait été ainsi baptisée. « Quand elle est morte et que tu t'es retrouvé seul...

Ken attendit dans un silence farouche. Qu'elle vide donc son sac et lui dise qu'il aurait pu proposer à Norman – ce beau-frère avec qui il n'avait pas la moindre chose en commun (à part d'avoir été marié avec sa sœur) – de venir habiter chez lui! Habiter la même maison que Norman, rendez-vous compte! Cette seule idée suffisait à lui donner la chair de poule, et imaginer la situation le força à sourire, lui donna même envie de rire, si bien que le silence farouche devint moins farouche, et il se mit à taquiner sa future deuxième femme avec une petite serviette de table.

« Ils font les fous dans la cuisine », pensa Norman en les entendant rire, mais il ne les enviait pas vraiment. A chacun ses goûts! Quand Ken l'eut déposé sur le seuil de sa porte avec sa voiture jaune d'or flambant neuve, Norman retrouva sa chambre, tout à fait content de son sort. Cela avait certes été un joyeux Noël, mais les réjouissances d'aujourd'hui lui avaient suffi, et il avait vraiment hâte de retourner au bureau pour savoir comment les autres avaient passé les fêtes.

Dans le train qui le ramenait de chez sa fille, Edwin se sentait vide et épuisé, mais soulagé. On lui avait demandé de rester plus longtemps, bien entendu, mais il avait invoqué diverses affaires pressantes car, après le jour de Noël – où le service le plus important avait été une messe quelque peu inadéquate (pas de grand-messe) – et le lendemain – où il avait pris une indigestion de dinde et d'enfants grincheux – il trouvait qu'il avait son compte. Son gendre le déposa à la gare tandis que le reste de la famille se rendait à une pantomime où les autres grands-parents et un autre groupe d'enfants devaient les rejoindre. Joyeuse petite expédition familiale, mais pas exactement son genre, comme Norman aurait sans doute dit.

Edwin sortit son agenda et examina les jours qui suivaient Noël. Aujourd'hui, 27 décembre, c'était la fête de St-Jean l'Évangéliste, et il devrait y avoir une belle grand-messe ce soir à St.John de l'autre côté du parc. C'était leur fête patronale, et le prêtre là-bas était un ami du père G. Puis le lendemain, 28 décembre, jour des Saints-Innocents, il essaierait d'aller jusqu'à Hammersmith. Les gens ne semblaient pas se rendre compte de tout ce qui se passait après Noël, en plus des célébrations qui avaient lieu le jour même.

## XI

Ils retournèrent au bureau le 2 janvier. Ils n'avaient vraiment eu besoin ni les uns ni les autres du jour de l'An pour se remettre des réjouissances de la veille, car aucun d'eux n'était sorti ce soir-là, mais on s'était toujours plaint dans le passé de devoir travailler le 2. Maintenant, bien sûr, ce congé prolongé leur avait paru un peu trop long, et ils étaient tous contents d'être de retour au travail.

– Le travail... ou ce qui en tient lieu, comme le remarqua Norman, se balançant sur sa chaise et pianotant des doigts sur sa table vide.

– C'est toujours un peu mort en cette période de l'année, dit Letty. On essaie de tout mettre en ordre avant Noël.

– De faire table rase, dit Marcia d'un air important, utilisant une expression consacrée qui avait peu ou pas de rapport avec la situation présente.

– Et quand on revient, il n'y a rien sur la table, grommela Norman.

Maintenant que son envie de savoir comment les autres avaient passé Noël s'était évanouie, il s'ennuyait.

– Regardez, on a reçu ceci, dit Edwin, tendant à Norman un avis polycopié que celui-ci lut aussitôt.

– C'est une cérémonie commémorative pour un homme qui est parti à la retraite avant notre arrivée, dit-il. En quoi est-ce que cela nous concerne?

– Je ne savais pas qu'il était mort, dit Letty. Est-ce qu'il n'a pas été président?

– C'était dans le *Times*, fit remarquer Edwin. Je trouve que notre service devrait peut-être être représenté.

– Personne ne s'y attend puisque nous ne le connaissions pas, objecta Marcia.

– Je suppose qu'ils envoient un avis au cas où quelqu'un voudrait y aller, suggéra Letty avec sa tolérance habituelle. Après tout, il pourrait y avoir des gens qui ont travaillé avec lui.

– Mais, c'est aujourd'hui! s'exclama Norman avec indignation. Comment pourrions-nous y aller aujourd'hui, au dernier moment? Et notre travail?

Personne ne lui répondit.

– A midi, lut Norman d'un ton méprisant. C'est du joli! Pour qui nous prennent-ils?

– Je crois que je vais y aller, annonça Edwin en regardant sa montre. Je vois que c'est à l'église dont dépend l'université – c'est un endroit qui convient assez bien pour rendre hommage à un agnostique.

– Je suppose que vous connaissez cette église, vous y êtes déjà allé? demanda Letty.

– Oh, oui, je la connais bien, répondit Edwin désinvolte. Non confessionnelle, pourrait-on dire. Ils sont obligés de satisfaire toutes sortes de gens là-bas, mais je suppose qu'il y aura quelqu'un de compétent.

– Espérons-le. A moins que vous n'ayez envie de prendre vous-même l'office en charge, lança Norman sarcastique.

Il en voulait à Edwin de tourner la situation, injustement à son avis, à son avantage, mais il aurait eu bien du mal à dire en quoi consistait cet avantage.

L'église avait encore ses décorations de Noël, des poinsettias guindés et des branches de houx sur le bord des fenêtres, mais une coûteuse gerbe de fleuriste – des chrysanthèmes blancs – avait été déposée à côté de l'autel, comme pour souligner le double usage qui était actuellement fait du lieu saint.

Edwin n'était pas très porté sur les services commémoratifs, surtout quand ils concernaient des personnes avec qui il n'avait rien ou pas grand-chose en commun. Ce n'était pas comme les enterrements, dont il avait eu sa part, lors de la mort de sa mère, sa femme, et une partie de sa belle-famille. Et ce n'était pas non plus comme une vraie messe de Requiem. Cela se rapprochait davantage d'une réunion mondaine, les femmes élégamment vêtues avec leurs chapeaux et leurs manteaux de fourrure et les hommes en complets sombres avec leurs pardessus bien lourds. Tous ces gens n'avaient pas grand-chose à voir avec le petit groupe de personnes endeuillées qu'Edwin associait aux enterrements auxquels il avait assisté. Naturellement, la période de deuil était passée, et le but de cette cérémonie était de célébrer la mémoire et les mérites du défunt, il y avait donc une différence. Autre différence notable, la chaleur de cette église en ce jour de janvier. De rassurantes bouffées d'air chaud circulaient autour des pieds d'Edwin et il remarqua que la femme qui se trouvait devant lui défaisait le col de son manteau de fourrure.

Les hymnes choisis étaient « Lui qui voulait être brave », et un autre avec des paroles modernes qui semblaient avoir été spécialement écrites dans le but de ne pas offenser l'agnostique ou l'athée le plus militant, et sur un air que personne ne paraissait connaître. Il y eut une lecture de l'Ecclésiaste et un bref panégyrique, prononcé par un jeune collègue du défunt, paisiblement triomphant dans la force de l'âge. Edwin avait vu cet homme une ou deux fois au bureau, il trouvait donc que sa propre présence à cette cérémonie était justifiée. Après tout, il représentait Norman, Letty et Marcia, ce qui était parfaitement normal.

Alors qu'il partait avec les autres, Edwin remarqua que certains d'entre eux, au lieu de sortir par la porte de l'église, avaient l'air de se faufiler par une porte latérale à demi ouverte sur une espèce de sacristie. Tout le monde n'y allait pas, il semblait donc que ceux qui le faisaient étaient en quelque sorte favorisés, et Edwin ne tarda pas à voir pourquoi il en était ainsi. Dans la sacristie, il aperçut une table sur laquelle étaient disposés des verres pleins d'une boisson qui ressemblait à du sherry (il aurait pu difficilement s'agir de whisky, pensa-t-il). Edwin n'eut aucun mal à s'insinuer parmi les privilégiés, et nul ne lui posa de question; il passait très bien pour le genre de personne qui était en droit d'être là, grand, gris et sombre.

Il prit un verre de sherry – il y en avait du sec et du demi-sec, le doux n'ayant évidemment pas été jugé approprié aux circonstances – et regarda autour de lui, enregistrant des impressions qu'il rapporterait au bureau. Il fut attentif à tout ce que l'on trouve habituellement dans une église anglicane, et de ce point de vue, cette sacristie ressemblait beaucoup à celles dont il avait l'expérience – des vases et des chandeliers, une pile désordonnée de livres de cantiques aux couvertures déchirées auxquels il manquait certainement des pages, et un crucifix abandonné, de forme compliquée que les dames préposées aux cuivres avaient sans doute condamné car impossible à nettoyer. Il y avait encore un surplis de tergal apprêté sur un portemanteau de teinturier qui pendait à un crochet, et des soutanes rouges, ainsi que quelques noires, vieilles et poussiéreuses, suspendues à une tringle. Mais ces détails n'intéresseraient probablement pas Norman, Letty et Marcia. Ils voudraient savoir qui était présent et comment les gens s'étaient comportés, ce qu'ils avaient dit et fait.

– Eh bien, au moins nous lui avons fait nos adieux, dit un homme assez âgé qui se trouvait à côté d'Edwin. Et je crois qu'il aurait aimé nous imaginer en train de boire du sherry.

Il posa son verre vide et en prit un autre.

– Les gens disent toujours ça, constata une femme qui s'était jointe à eux. Et il n'y a pas de doute, c'est pratique de supposer que tout ce que nous faisons est ce qu'*eux* auraient aimé. Mais Matthew n'a jamais mis les pieds à l'église de sa vie, alors il n'y a peut-être que l'alcool qu'il aurait approuvé.

– Je suppose qu'il était baptisé et qu'il avait été à l'église dans sa jeunesse, observa Edwin, mais les autres s'éloignèrent de lui, et il sentit qu'il était allé trop loin, non seulement à cause de sa remarque, mais tout simplement en assistant à la cérémonie.

Pourtant, il était indéniable qu'il faisait partie du personnel, même si sa position était humble, et qu'il avait le droit comme n'importe qui de rendre hommage à un homme qu'il n'avait jamais connu personnellement. Il vida son verre et le posa avec précaution sur la table. Remarquant qu'on l'avait recouverte d'une nappe blanche, il se demanda négligemment si cela avait une signification religieuse. Il décida de ne pas se resservir, alors qu'il aurait pu facilement le faire. Cela pouvait paraître déplacé. Et puis une chose pareille risquait de lui « retomber dessus », on ne savait jamais.

A présent, le problème du déjeuner se posait. Edwin avait un sandwich au bureau, mais il n'était pas tout à fait prêt à affronter les autres, et il décida donc d'aller dans un café à Southampton Row, où il resta assis à rouler de sombres pensées dans un box garni de rideaux, tout en buvant du café brésilien très fort.

Un couple d'amoureux lui faisait face, mais il ne leur prêta pas attention. Il pensait à son propre enterrement – il pouvait difficilement avoir droit à un service commémoratif – un vrai Requiem, bien sûr, avec des bougies orange et de l'encens et tout le rituel requis. Il se demanda si le Père G. lui survivrait et quels hymnes il choisirait... Une horloge sonna deux heures et il se rendit compte qu'il devait retourner au bureau.

Norman leva les yeux avec humeur quand Edwin entra dans la pièce. Un problème s'était présenté et Norman devait s'en charger.

– Voilà un travail agréable pour qui a la chance de l'obtenir – aller à un service commémoratif à midi et rester absent trois heures, ricana Norman.

– Deux heures, douze minutes, rectifia Edwin en consultant sa montre. Vous auriez pu venir aussi, si vous l'aviez voulu.

– C'était une belle cérémonie? demanda Letty qui, se rendant rarement à l'église, avait l'impression que les cérémonies de ce genre étaient toujours belles.

– Je ne dirais pas tout à fait ça, répondit Edwin, suspendant son manteau à une patère.

Marcia perçut une bouffée de café et d'alcool mêlés quand il passa devant elle pour gagner son bureau.

– Qu'est-ce que vous avez donc fait? demanda-t-elle, mais elle n'attendait pas de réponse.

## XII

La société pour laquelle travaillaient Letty et Marcia considérait qu'il était de son devoir d'organiser une sorte de départ à la retraite en leur honneur, quand viendrait le moment où elles quitteraient leur travail. Leur statut de femmes vieillissantes non qualifiées ne leur donnait pas droit à un apéritif le soir, mais on se disait qu'une petite réunion à l'heure du déjeuner, qui n'aurait d'autre effet que d'augmenter la somnolence habituelle de l'après-midi, serait tout à fait appropriée. Choisir l'heure du déjeuner avait un autre avantage : on pouvait se contenter d'offrir du sherry de Chypre demi-sec, alors qu'une soirée appelait des boissons plus exotiques et plus coûteuses, des vins, et même la bouteille de whisky ou de gin de circonstance que l'on a soigneusement évité de mettre en évidence – « le truc costaud », comme disait Norman, amer qu'il était de n'y avoir pas droit. A midi, on pouvait aussi manger des sandwiches, il n'était donc pas nécessaire de déjeuner, et certains avaient le sentiment que dans ce genre d'occasion il valait mieux manger – on se sentait occupé.

La retraite était une affaire sérieuse, qui méritait respect et considération, bien que cette seule idée fût incompréhensible à la plus grande partie du personnel. C'était une situation à examiner et à préparer, – il fallait « étudier la question », comme on dit – en vérité, le problème avait déjà été l'objet d'un séminaire. Pourtant les conclusions auxquelles on avait abouti et les recommandations qui avaient été formulées n'avaient guère de rapport avec la retraite de Letty et Marcia, qui semblait tout aussi inévitable que la chute des feuilles en automne, pour laquelle aucun préparatif n'avait besoin d'être fait. Si les deux femmes craignaient que la venue de cette date ne donnât une idée de leur âge, ce ne fut pas une source de gêne parce que personne ne s'y intéressait le moins du monde, toutes deux ayant atteint depuis longtemps des âges qui ne faisaient plus s'interroger personne.

Elles recevraient chacune une petite gratification de fin de services, mais l'État subviendrait à leurs besoins essentiels, qui ne pouvaient pas être bien considérables. Les femmes vieillissantes n'avaient pas besoin de manger beaucoup, il était plus important d'avoir chaud, et des gens comme Letty et Marcia avaient probablement des ressources personnelles ou des économies, un pécule à la poste ou dans une société de crédit immobilier. C'était un réconfort que d'envisager la situation sous ce jour, et même si elles n'avaient rien, les services sociaux s'étaient tellement améliorés que personne ne mourait de faim ou de froid. Et si les gouvernements manquaient à leur devoir, il y avait toujours les médias – les émissions de télévision qui vous harcelaient sans cesse, des articles émouvants dans les journaux du dimanche et des photos qui vous ébranlaient dans les suppléments couleurs. Il n'était pas nécessaire de s'inquiéter pour Miss Crowe et Miss Ivory.

Le sous-directeur adjoint par intérim, à qui on avait demandé de faire le discours de circonstance, ne savait pas exactement ce que Miss Crowe et Miss Ivory faisaient, ou avaient fait, au cours de leur vie professionnelle. Un mystère planait sur les activités de leur service – c'était un travail de dossiers et de classements, pensait-on, personne n'en avait la certitude, mais c'était de toute évidence un « travail de femme », le genre de tâche qui pouvait très bien être remplie par un ordinateur. Le détail le plus significatif était qu'elles ne seraient pas remplacées, le service allait peu à peu être supprimé et on ne le maintenait en place qu'en attendant que les hommes qui y travaillaient atteignent l'âge de la retraite. Pourtant, un petit coup de sherry aidant, on pouvait brosser un tableau acceptable même avec des informations aussi peu prometteuses.

Le sous-directeur adjoint s'avança au centre de la pièce et prit la parole.

– Le problème avec Miss Crowe et Miss Ivory, que nous sommes tous rassemblés ici pour honorer aujourd'hui, est que nul ne sait exactement, ou n'a jamais su exactement, ce qu'elles font, déclara-t-il avec audace. Elles ont été, elles sont, le genre de personnes qui travaillent en secret, sans bruit, faisant le bien en cachette, pour ainsi dire. *Le bien?* vous entends-je dire? Oui, le bien, je le répète, et c'est le bien que je voulais dire. En ces jours d'instabilité économique, ce sont des gens comme Miss Ivory et Miss Crowe (les noms avaient été intervertis, mais sans doute que cela n'avait pas d'importance), qui sont un exemple pour nous tous. Elles nous manqueront beaucoup, au point que l'on n'a trouvé personne pour les remplacer, mais nous serions les derniers à leur refuser les récompenses d'une retraite bien gagnée. J'ai l'immense plaisir, au nom de la société et du personnel, de remettre à chacune de ces dames un petit témoignage de notre estime pour leurs longs et loyaux services, avec nos meilleurs vœux d'avenir.

Letty et Marcia s'avancèrent alors, pour recevoir chacune une enveloppe contenant un chèque et une carte dûment dédicacée. Le sous-directeur se souvint qu'il était pris pour un déjeuner et s'éclipsa, on resservit à boire et le murmure des bavardages emplit la pièce. Il fallait faire la conversation, et une fois épuisés les sujets passe-partout, elle ne venait pas très facilement. Petit à petit, les gens se séparèrent et reformèrent très spontanément les groupes de travail de tous les jours. Letty et Marcia se retrouvèrent donc naturellement avec Edwin et Norman. Comme on devait s'y attendre ce dernier commenta le discours et déclara que d'après ce qui avait été dit, il supposait qu'elles passeraient leur retraite à remettre sur pied l'industrie automobile.

Marcia était contente d'être avec des gens qu'elle connaissait. Quand elle rencontrait d'autres membres du personnel, elle ne parvenait pas à oublier son opération, elle avait l'impression que les gens ressentaient ce manque, cette imperfection. Pourtant, elle aimait aussi parler d'elle-même, amener la conversation sur les hôpitaux et les chirurgiens, prononcer à voix basse et respectueuse le nom de Mr Strong. Elle pouvait même, à la limite, prendre plaisir à dire « ma mastectomie » – c'était le mot « sein » et ce qu'il évoquait qu'elle ne supportait pas. Dans les dicours et propos se rapportant à sa retraite, il n'avait pas une fois été question de poitrine (l'espoir qui gonfle la poitrine) ou de sein (mon sein n'enferme pas un cœur qui soit de pierre) comme cela aurait pu être le cas si le discours du sous-directeur adjoint avait été plus littéraire.

En général, on savait, bien sûr, que Miss Ivory avait subi une opération sérieuse, mais la robe qu'elle portait ce jour-là – une robe de jersey bleu jacinthe assez vive – était deux fois trop grande pour son corps maigre, si bien qu'on n'en devinait pratiquement pas les formes. Les gens présents qui ne la connaissaient pas étaient fascinés par son allure bizarre, ses cheveux teints, ses yeux inquisiteurs en boutons de bottines, et elle aurait pu constituer une source de divertissement inhabituel si l'on avait eu le courage de lier conversation avec elle. Mais l'on n'avait jamais vraiment un tel courage en fin de compte. Vieillissante, un grain de folie, au bord de la retraite, cela faisait un tout bien déconcertant, et il n'était pas étonnant de voir chacun répugner à l'aborder ou se contenter de paroles tout à fait banales. Il était difficile d'imaginer ce que serait sa retraite – impossible et assez épouvantable de s'interroger à ce sujet.

Letty, par constraste, était d'une simplicité navrante. Même son assez joli tailleur de lainage vert et ses cheveux châtain clair tout frais coiffés ne la sortaient pas du lot. Elle correspondait exactement à la vieille fille anglaise typique sur le point de se retirer à la campagne, qui rejoindrait d'autres vieilles filles comme elle pour s'adonner aux menues tâches de la paroisse, assister à des réunions de l'« Institut des Femmes », et faire du jardinage et des travaux d'aiguille. Les gens lui parlèrent donc de toutes ces choses et Letty, avec sa modestie et sa politesse naturelles, n'osa pas leur dire qu'elle n'allait plus vivre avec son amie à la campagne mais passerait probablement le reste de sa vie à Londres. Elle savait qu'elle n'était pas quelqu'un de très intéressant, et elle n'entra pas trop dans les détails ennuyeux quand des jeunes vinrent aimablement lui poser des questions sur ses projets futurs. Même Eulalia, la jeune noire, la gratifia d'un sourire étonnamment radieux. Une autre, dont le cou droit, épais et lisse se dressait comme une colonne d'albâtre, le genre de fille qu'il était impossible d'imaginer dans un emploi de bureau banal, – taper à la machine ou faire du travail de classement, par exemple – lui dit avec entrain qu'elle pourrait regarder la télévision l'après-midi, et Letty commença à comprendre que les choses de ce genre étaient, après tout, les principales joies de la retraite. Elle ne pouvait pas avouer à cette brave fille qu'elle n'avait même pas de poste de télévision.

Fatalement, tout le monde dut s'en retourner au travail, et pour finir Letty et Marcia se retrouvèrent dans leur propre bureau avec Edwin et Norman.

Les deux hommes avaient l'air contents d'eux. Au cours de leur carrière, ils avaient assisté à de fort nombreux départs à la retraite, et si la qualité se mesurait au nombre de tours qu'avait fait la bouteille de sherry, celui-ci était apparemment réussi.

– Évidemment, du sherry à midi, ce n'est pas très bon pour le foie, dit Norman, oscillant légèrement de façon comique, mais c'est mieux que rien. Ça fait son effet.

– Pour moi, deux verres, c'est bien assez, – dit Letty, et j'ai l'impression qu'on a dû me resservir quand j'avais le dos tourné parce que je me sens toute...

Elle ne savait pas vraiment comment elle se sentait, ni comment décrire cet état; elle n'était certainement pas saoule, mais ni pompette ni gaie ne semblaient avoir la dignité requise. Marcia, qui n'avait rien bu d'autre qu'un petit verre de jus d'orange, eut un sourire pincé.

– Au moins, vous n'aurez pas de problème d'alcoolisme quand vous serez à la retraite, plaisanta Norman.

– Je déteste ce truc-là, déclara Marcia.

Letty se surprit à penser aux soirées solitaires qui l'attendaient dans la maison silencieuse de Mrs Pope. Sans doute serait-il préférable de ne pas avoir une bouteille de sherry dans la chambre... Elle s'était assez bien entendue avec Mrs Pope jusque-là, étant absente toute la journée, en serait-il de même quand elle serait à la retraite? Il était évident que cet arrangement ne pouvait être que provisoire. L'idée de passer le reste de sa vie dans une banlieue du nord-ouest de Londres n'avait pas beaucoup d'attrait. Il n'y avait pas de raison pour qu'elle ne trouvât pas une chambre dans un village quelque part près de l'endroit où Marjorie et son mari habiteraient. Marjorie avait laissé entendre dans sa dernière lettre qu'elle ne serait pas hostile à un projet de ce genre, elle ne voulait pas perdre le contact après toutes ces années... Ou bien, Letty pourrait retourner dans l'ouest de l'Angleterre, là où elle était née. Elle pensa, faisant docilement sienne l'attitude qu'on lui suggérait vis-à-vis de la retraite, que la vie était encore pleine de possiblités.

Elle se mit à débarrasser son tiroir au bureau, disposant avec soin son contenu dans son sac à provisions. Il n'y avait pas grand-chose à emporter : une paire de pantoufles légères pour les jours où elle avait besoin de changer de chaussures, une boîte de mouchoirs jetables, du papier à lettres et des enveloppes, un tube de comprimés pour la digestion. Suivant l'exemple de Letty, Marcia se mit à ranger, tout en marmonnant, fourrant ses affaires dans un grand sac en plastique. Letty savait que le tiroir de Marcia était très plein, bien qu'elle n'eût jamais vraiment vu ce qu'il y avait dedans, seulement aperçu des choses qui dépassaient quand Marcia l'ouvrait. Il y avait, par exemple, une paire de sandales de gymnastique dans lesquelles on avait vu Marcia arpenter la pièce pendant les jours qui avaient suivi leur acquisition, mais Letty fut surprise de la voir sortir plusieurs boîtes de conserves – de la viande, des haricots et des potages.

– C'est tout un festin que vous avez là, remarqua Norman. Si seulement j'avais su.

Marcia sourit mais ne dit rien. Les commentaires moqueurs de Norman passaient apparemment bien, pensa Letty. Elle s'était tournée, ne voulant pas voir ce que Marcia sortait du tiroir. C'était comme une intrusion dans la vie privée de sa collègue, dont il valait mieux ne rien savoir.

– Ça va paraître drôle sans vous deux, observa Edwin avec maladresse.

Il ne savait pas vraiment quoi dire maintenant qu'il avait abordé ce sujet. Mais c'était leur cas à tous. Ce genre de circonstance semblait requérir davantage que le simple au revoir ou bonsoir que l'on dit à la fin d'une journée de travail ordinaire. Peut-être auraient-ils dû donner aux femmes un cadeau quelconque – mais quoi? Lui et Norman en avaient discuté, mais ils avaient finalement décidé que c'était tout simplement trop difficile. Elles seraient surprises – cela ne ferait que les gêner, avaient-ils conclu, et ce n'est pas comme si nous n'allions jamais les revoir. En l'occurrence, il était beaucoup plus facile d'en rester là et de ne pas trop entrer dans les détails. Car bien sûr, ils se reverraient tous – Letty et Marcia reviendraient au bureau, un jour elles « passeraient ». On pourrait même se retrouver ailleurs, organiser une espèce de petite réunion pour déjeuner ou

« autre chose »... Même si l'on était incapable d'imaginer ce que cette autre chose pourrait être, au moins le fait d'envisager un vague avenir commun leur permettait à tous de s'engager plus facilement sur leurs routes respectives.

XIII

– Vous allez être à la retraite, lui avait dit Janice Brabner. Avez-vous un peu réfléchi à ce que vous allez faire?

– Faire?

Marcia la regarda sans comprendre.

Qu'est-ce que vous voulez dire?

– Eh bien... Janice hésita mais, comme elle le raconta plus tard, poursuivit quand même. Vous aurez beaucoup de temps à vous, n'est-ce pas? Le temps que vous passiez à travailler?

Marcia n'avait jamais dit en quoi consistait son travail exactement, mais Janice sentait qu'il n'avait pas été particulièrement passionnant. Après tout, quel genre de travail pouvait accomplir quelqu'un comme Marcia? Si seulement elle avait bien voulu cesser de la regarder de cette manière décourageante, comme si elle ne savait pas ce que Janice voulait dire quand elle lui demandait ce qu'elle ferait une fois à la retraite.

– Une femme trouve toujours de quoi employer son temps, dit enfin Marcia. Ce n'est pas comme un homme qui part à la retraite, vous savez. J'ai beaucoup à faire avec ma maison.

– Oui, évidemment.

Et la maison en avait bien besoin, pensa Janice. Mais est-ce que Marcia était en état de s'en occuper comme il fallait? Physiquement, elle avait l'air capable de faire son ménage, il n'était donc pas question de lui procurer une aide, même si on arrivait à en trouver une, mais tenir une maison en ordre supposait un certain état d'esprit, et c'était là que Marcia ne semblait pas à la hauteur. Ne voyait-elle pas la poussière ou y était-elle indifférente? Peut-être avait-elle besoin de nouvelles lunettes – il fallait sans doute lui en toucher un mot. Janice soupira comme cela lui arrivait souvent en pensant à Marcia. Il semblait qu'il n'y eût rien à faire dans l'immédiat, si ce n'est se montrer vigilante et passer de temps en temps pour voir comment elle s'en sortait.

Le premier lundi matin, Marcia se réveilla à l'heure habituelle et commença à se lever et à se préparer à partir quand elle se rappela que c'était son premier jour de retraite. « Vivement la retraite », lui disait-on à l'époque où il semblait que cette date n'arriverait jamais, qu'elle était aussi inaccessible que gagner au loto ou à la loterie nationale. Eh bien, elle était arrivée maintenant, elle était là. Une femme trouve toujours de quoi employer son temps.

Marcia descendit le plateau dont elle s'était servie pour sa première tasse de thé, mais elle oublia la tasse sur la coiffeuse où elle resterait plusieurs jours, et il s'y formerait des petites particules de lait caillé. Comme elle n'allait pas au bureau, elle troqua la robe qu'elle avait mise contre sa vieille jupe du samedi matin et un chemisier fripé qui avait besoin de repassage, mais il n'y avait personne pour le voir ou faire des remarques, et la chaleur de son corps ne manquerait pas d'aplatir rapidement les plis. En bas, à l'évier, elle allait juste commencer la vaisselle de la veille quand elle fut distraite par la vue d'un sac en plastique sur la table de la cuisine. Comment était-il arrivé là et que contenait-il? Tant de choses étaient maintenant vendues dans des sacs en plastique qu'il était difficile de s'y retrouver. L'essentiel était de ne pas le jeter par mégarde, ou mieux, de le mettre de côté dans un endroit sûr, car il portait une inscription ainsi libellée : « Pour éviter tout danger d'asphyxie, garder cet emballage hors de portée des bébés et des enfants. » Ils auraient pu dire des gens d'un certain âge et des personnes âgées aussi, qui pouvaient fort bien être pris d'une envie irrésistible de mourir par asphyxie. Marcia monta donc ce sac dans ce qui avait été une chambre d'amis, pièce où elle entreposait des affaires comme des boîtes en carton, du papier craft et de la ficelle, et elle le fourra dans un tiroir qui était déjà plein à ras bords d'autres sacs en plastique, tenus consciencieusement hors de portée des bébés et des enfants. Il y avait très longtemps qu'il n'en était pas venu chez elle, des années pour ce qui était des enfants, et peut-être jamais pour les bébés.

Marcia passa un bon moment dans la pièce à mettre de l'ordre et à trouver de nouveaux aménagements. Il fallait sortir tous les sacs en plastique du tiroir et les trier en fonction de leur forme et de leur taille, les classer en quelque sorte. C'était quelque chose qu'elle avait l'intention de faire depuis fort longtemps, mais bizarrement, elle n'avait jamais trouvé un moment, semblait-il. Aujourd'hui, premier jour de retraite, elle avait l'éternité devant elle. Ça l'amusait de penser à Janice Brabner lui demandant de sa voix raffinée, légèrement maniérée : « Avez-vous un peu réfléchi à ce que vous allez faire? »

Cette tâche lui prit jusqu'à l'heure qui au bureau

aurait été celle du déjeuner, et Marcia se demanda un instant ce qu'Edwin et Norman pouvaient bien fabriquer en ce moment, mais c'était forcément exactement la même chose que d'habitude, ils mangeaient ce qu'ils avaient apporté avec eux, Edwin avec sa maniaquerie bien connue, et Norman se préparant une tasse de café qu'ils avaient acheté en commun et qu'elle avait laissé. Puis Edwin irait dans une quelconque église pour voir ce qui s'y passait, et Norman se rendrait peut-être au British Museum pour aller s'asseoir devant les animaux momifiés. Ou peut-être se contenterait-il de la bibliothèque et jetterait-il un coup d'œil aux journaux. Le fait d'évoquer la bibliothèque lui rappela qu'elle ne s'était toujours pas occupée de cette bouteille de lait que Letty lui avait « refilée ». Au pire, elle pouvait toujours la laisser à la bibliothèque, ou dans une bibliothèque quelconque, étant donné qu'elle n'irait plus à celle-ci...

Marcia ne prit pas le temps de déjeuner, et le soir arriva sans qu'elle eût rien mangé; elle ne se fit pourtant qu'une tasse de thé, accompagnée d'un reste de morceau de pain qu'elle trouva dans la boîte à pain. Elle ne remarqua pas la moisissure verdâtre sur le bord de la croûte, mais elle n'avait pas faim de toute façon et elle ne mangea que la moitié de la tranche, mettant le reste de côté pour plus tard. Bien entendu, elle ne tarderait pas à sortir faire des courses, peut-être demain, mais pas aujourd'hui, bien que la boutique indienne fût encore ouverte. Il y avait des tas de petites choses à finir, et elle n'avait jamais eu un gros appétit.

Letty avait imaginé qu'elle dormirait tard le premier matin, mais elle se réveilla à l'heure habituelle, plus tôt à vrai dire, car Mrs Pope s'était levée à six heures et avait fait du bruit quand elle était sortie de la maison pour aller à l'église honorer sans aucun doute je ne sais quel saint obscur. Letty se serait probablement réveillée de toute façon, si forte était l'habitude de quarante ans. Et on dit que les gens âgés sont matinaux, pensa-t-elle, alors peut-être ne se déferait-elle jamais de cette habitude.

– Qu'allez-vous faire quand vous serez à la retraite? lui avaient demandé les gens, certains parce qu'ils voulaient vraiment savoir, d'autres avec une curiosité malsaine.

Naturellement elle avait répondu par des banalités – qu'il serait agréable de ne pas avoir à se rendre au bureau – qu'elle aurait maintenant le temps de faire toutes les choses dont elle avait toujours eu envie (ces « choses » ne furent pas précisées) – et de lire tous les livres qu'elle n'avait jamais eu le temps de lire jusque-là. *Middlemarch, Guerre et Paix*, peut-être même *Le Docteur Jivago*. Pour ce qui était de la retraite, elle aurait pu dire, comme Marcia, « une femme trouve toujours de quoi s'occuper » – c'était l'avantage d'être une femme. C'étaient les hommes qu'on plaignait lorsqu'ils partaient à la retraite. Bien entendu, sur un point précis elle était différente de Marcia, elle n'avait pas de maison à entretenir, seulement cette chambre chez une autre personne, et il y avait des limites à ce qu'on pouvait y faire ou en faire. Letty avait donc d'autant plus de liberté pour se consacrer un peu sérieusement à la lecture, et cela supposait qu'elle allât à la bibliothèque. Ce serait une bonne chose que de sortir ce premier matin, d'avoir un but de promenade.

Le temps que Letty décide de descendre à la cuisine pour préparer son petit déjeuner, Mrs Pope était revenue de l'église. Elle était très affairée et pleine d'efficacité. Le temps n'était pas très chaud, mais la marche lui avait fait du bien. Il y avait trois personnes à l'office du matin, cinq si on comptait le prêtre et son servant. Letty n'avait rien à dire à ce sujet, car elle avait toujours pensé, d'après ce que disait Edwin, que ces offices très matinaux étaient plutôt démodés maintenant, et que l'important était la messe du soir. Cependant, la pensée d'Edwin lui fournit un moyen d'entamer la conversation, et elle put demander à Mrs Pope comment Edwin était rattaché à son église.

– Oh, il n'est pas de la paroisse, il vient seulement s'il se passe quelque chose de spécial, dit Mrs Pope, tout en grattant avec ardeur un morceau de pain brûlé. Nous sommes loin d'être à la hauteur à ses yeux, pas d'encens, vous comprenez.

– Pas d'encens? s'étonna Letty, perplexe.

– Ça ne convient à personne, vous savez. Si vous avez les bronches un tant soit peu fragiles... Vous ne vous habillez pas pour le petit déjeuner, Miss Crowe?

Letty, qui était descendue à la cuisine dans son respectable peignoir de lainage bleu, prit cela comme une critique.

– C'est mon premier jour de retraite, expliqua-t-elle, sans être convaincante, lui sembla-t-il, comme si c'était une raison suffisante.

– Vous verrez que vous jugerez bon de ne pas vous négliger. Une fois à la retraite, il y a tant de gens qui se laissent aller. Je l'ai constaté si souvent. Il y a des hommes qui ont des responsabilités, puis ils partent à la retraite...

– Mais je suis une femme, et je n'avais pas du tout de responsabilités, lui rappela Letty. Et ce matin je vais à la bibliothèque – j'aurai enfin le temps de me mettre à lire un peu sérieusement.

– Oh, lire...

Mrs Pope n'avait, semble-t-il, que faire de la lecture, et la conversation, si tant est que c'en fût une, devint languissante. Mrs Pope était partie à l'église à jeun, et elle se préparait maintenant à savourer son bacon et la tartine qu'elle avait grattée, alors que Letty retournait à sa chambre avec un œuf dur et deux tranches de pain suédois.

Plus tard elle s'habilla, avec plus de soin que Marcia ne l'avait fait lors de son premier jour de retraite. C'était une occasion de mettre le nouveau tailleur en tweed qui avait été jugé trop élégant pour le bureau, et de passer plus de temps que d'habitude à choisir un chandail et un foulard pour aller avec. Jusque-là, sa journée se déroulait différemment, mais quand l'étape suivante se présenta, elle se rendit compte qu'elle allait se rendre à la bibliothèque proche du bureau où elle avait une carte de lectrice, et que le trajet qu'elle ferait serait celui-là même qu'elle avait accompli tous les jours. Mais à présent, deux heures plus tard, le train était moins chargé, et quand elle descendit à sa station les gens préféraient se laisser porter par l'escalier roulant plutôt que de monter à pied.

Pour arriver à la bibliothèque il fallait passer devant le bureau, et naturellement elle leva les yeux vers le bâtiment gris monolithique et se demanda ce qu'Edwin et Norman étaient en train de faire au troisième étage. Il n'était pas bien difficile de les imaginer à l'heure du café; au moins personne ne serait installé à sa place et à celle de Marcia, puisque personne ne devait les remplacer. Il sembla à Letty que ce qui n'avait maintenant pas de raison d'être n'avait peut-être jamais existé, et cela lui donna le sentiment qu'elle et Marcia avaient été balayées comme si elles n'avaient jamais été. C'est avec cette sensation de néant qu'elle pénétra dans la bibliothèque. Le jeune bibliothécaire aux longs cheveux blonds était toujours à sa place, et cela du moins était rassurant. Avec confiance, elle se dirigea vers le rayon de sociologie, bien décidée à entamer son travail de lecture. Cette idée et le terme de « sciences sociales » l'avaient attirée, et elle était impatiente de découvrir de quoi il s'agissait.

– Je me demande ce que font les filles en ce moment, dit Norman.

– Les filles?

Bien entendu, Edwin savait parfaitement de qui il s'agissait, mais il n'avait pas l'habitude de parler de Letty et de Marcia ou de penser à elles de cette manière.

– Une bonne grasse matinée, reprit Norman, puis le petit déjeuner au lit, un tour en ville à onze heures pour regarder les vitrines – déjeuner chez Dickins et Jones, peut-être, ou D.H. Evans. Puis retour à la maison bien avant la cohue des heures de pointe, ensuite...

Il s'arrêta à court d'imagination, et Edwin ne fut pas capable de remplir les vides.

– C'est tout à fait vraisemblable pour ce qui est de Letty, dit-il, mais je n'arrive pas à imaginer Marcia organisant sa journée de cette manière.

– Non, elle n'aurait pas envie de faire les boutiques, reconnut Norman pensif. C'était Letty qui allait à Oxford Street entre midi et deux heures – ça ne la gênait même pas de devoir attendre un bus.

– Non – quelquefois nous nous retrouvions dans une file d'attente quand j'allais à All Saints, à Margaret Street.

– Vous ne l'avez jamais convaincue de vous accompagner, s'enquit Norman sardonique.

Edwin parut gêné, presque comme s'il avait essayé et échoué, mais Norman n'insista pas.

– C'est bizarre qu'elles ne soient pas là, dit-il.

– Peut-être qu'elles passeront nous voir un jour, suggéra Edwin.

– Oui, elles ont d'ailleurs dit qu'elles le feraient.

– Ce n'est pas si facile à imaginer – elles seraient obligées de monter par l'ascenseur, n'est-ce pas, et ce n'est pas tout à fait la même chose.

– Pas comme si nous étions au rez-de-chaussée et qu'on pouvait nous voir de la rue, dit Norman presque avec nostalgie.

– Au moins, nous avons un peu plus de place maintenant.

Edwin se mit à disposer son repas de midi sur ce qui avait été la table de Letty, étalant des tranches de pain, un petit pot de margarine allégée, du fromage et des tomates. Alors qu'il sortait un sachet de jellybabies, il eut une vision soudaine, précise, de Letty, mais il n'aurait pas su dire pourquoi elle lui était venue à ce moment particulier et avec une telle intensité. Cela n'avait sûrement rien à voir avec les gommes.

La journée avait été longue et curieusement fatigante, aussi fatigante qu'une journée de travail, pensa Letty. Peut-être était-ce ce réveil matinal et cette soirée plus longue qu'à l'ordinaire, qui avait commencé par un moment entre le thé et le dîner, dont elle n'avait pas le souvenir qu'il eût existé avant. Elle avait fait un effort de volonté pour lire l'un des livres qu'elle avait ramenés de la bibliothèque, mais cela n'avait pas été chose facile. Il était manifeste qu'il lui faudrait du temps pour se sentir à l'aise dans des lectures sérieuses, et il vaudrait mieux s'y remettre le lendemain matin, quand elle aurait plus d'énergie.

La journée de Marcia semblait avoir passé comme un éclair, bien que la vitesse ne fît pas partie de sa façon de voir les choses. Elle ne vit pas passer le temps et fut surprise quand la nuit tomba. Sa pensée la plus consciente fut de l'agacement à l'idée que la charitable assistante sociale pourrait venir, elle n'alluma donc pas de lumière et resta assise dans l'obscurité, à écouter le bavardage stupide et le sempiternel refrain de Radio I, à faible volume. Elle n'avait pas l'impression d'avoir vécu le premier jour de sa retraite.

## XIV

Il y avait à peine une semaine que Letty était à la retraite et elle venait tout juste de retirer le premier paiement de sa pension qu'elle en arriva à la conclusion que la sociologie n'était pas tout à fait ce qu'elle avait espéré. Peut-être n'avait-elle pas choisi les bons livres, car les « sciences sociales » devaient sûrement être plus intéressantes que ça? Elle s'était imaginée se délectant béatement – peut-être ces mots étaient-ils trop forts pour décrire ce qu'elle avait imaginé? – du sujet qu'elle avait choisi, pas figée dans l'ennui, déroutée, enlisée dans un jargon incompréhensible, consultant sans cesse sa montre pour voir s'il n'était pas l'heure de boire une tasse de café. C'était sans doute qu'elle était trop vieille pour apprendre quelque chose de nouveau, et que son cerveau s'était atrophié. Avait-elle un jour eu un cerveau, en vérité? Revoyant sa vie passée, elle eut du mal à trouver une quelconque activité qui eût requis un effort cérébral, en tout cas pas le travail qui venait de prendre fin. Elle se dit qu'elle était totalement inapte à avoir une activité intellectuelle; pourtant des gens plus âgés qu'elle suivaient des cours à l'université du troisième âge. Mrs Pope connaissait une femme de plus de soixante-dix ans qui était en deuxième année. Mais Mrs Pope, semblait-il, connaissait toujours quelqu'un qui faisait quelque chose d'absolument admirable, et le temps passant, Letty constata qu'elle l'évitait et choisissait de préparer ses repas quand elle savait que sa propriétaire ne serait pas dans la cuisine. Elle se blottissait dans sa chambre, aux aguets, essayant de déceler des odeurs de cuisine, bien que ce fût souvent difficile car Mrs Pope faisait rarement cuire quelque chose à la poêle, à part le bacon. Letty se servait alors un deuxième verre de sherry en attendant que Mrs Pope sorte de la cuisine. Mais elle s'en tenait à ses principes – on ne buvait pas de sherry avant le soir, tout comme on ne lisait pas de romans le matin, maxime qui lui restait d'une institutrice d'il y a quarante ans.

Quand il fallut rendre les livres de sociologie à la bibliothèque, Letty les ramena, avec un sentiment de culpabilité et d'insatisfaction. Mais on était censé profiter de la retraite, au moins les premières semaines. Bien se reposer, accomplir toutes les choses dont on a toujours rêvé, lui avait-on recommandé. Pourquoi ne se contenterait-elle pas de lire des romans, d'écouter la radio, de tricoter et de penser à ses vêtements? Elle se demanda ce que faisait Marcia et comment elle allait. C'était dommage qu'elle n'eût pas le téléphone, car il aurait été tellement plus facile de bavarder ou de décider d'une rencontre de cette façon.

« Vous pourriez voyager », avaient dit les gens, et Letty avait été obligée de leur donner raison, bien qu'il ne fût pas facile d'imaginer quelle sorte de voyage elle ferait, seule dans un groupe, maintenant que Marjorie était si occupée avec David Lydell. En écoutant à la radio une émission du genre « le téléphone sonne », elle avait entendu une question sur les vacances pour les personnes seules, et la réponse évoquait l'image d'un groupe sympathique de personnes d'âge mûr ou âgées, des deux sexes, ayant des intérêts communs – la botanique et l'archéologie ou même « le vin » (par opposition avec l'alcoolisme solitaire). Pour finir, le courage lui manqua et elle se borna à étudier le dépliant, comme Norman s'imaginant en train de découvrir des trésors enfouis en Grèce. Ses tentatives de « voyage » aboutirent à un week-end passé chez une cousine éloignée qui habitait dans la ville de l'ouest de l'Angleterre où elle était née.

La cousine, à peu près de l'âge de Letty, fut amicale et accueillante, et elles passèrent leurs soirées assises à tricoter agréablement ensemble. Depuis longtemps déjà Letty était habituée à n'avoir pas d'homme dans sa vie et, par voie de conséquence, à n'avoir pas d'enfants. La cousine était veuve et elle n'avait donné à Letty aucune raison de se sentir amoindrie. Pourtant, ce fut pendant son séjour chez elle que Letty comprit pour la première fois qu'il y avait un autre domaine dans lequel elle avait échoué. Cette idée ne lui était encore jamais venue à l'esprit, mais en feuilletant l'album de photographies de sa cousine elle vit clairement ce que c'était – elle n'avait pas de petits-enfants! C'était cela. Comment aurait-elle pu s'en douter, il y avait tant d'années?

De retour de son week-end, elle repensa à prendre contact avec Marcia. Elle décida de lui écrire un mot, de lui proposer une rencontre en ville pour déjeuner ou prendre le thé. Il était peut-être un peu tôt pour échanger leurs impressions sur leur retraite, mais au moins pourraient-elles parler des jours anciens, au bureau.

Janice ne retourna voir Marcia que quelques semaines après le début de sa retraite, lui laissant le temps de s'installer et d'organiser un peu ses journées. Il ne faisait pas de doute que la compagnie des gens du bureau lui manquait – ils, les retraités, mentionnaient souvent cela – et aussi la nécessité d'une routine que crée une occupation même ennuyeuse. Mais, comme Marcia elle-même l'avait dit, une femme trouve toujours une occupation et elle avait sa maison à entretenir. Elle avait un jardin, aussi, et un peu d'attention ne lui nuirait pas, pensa Janice, alors qu'elle attendait sur le pas de la porte et contemplait les lauriers poussiéreux dont le feuillage envahissant cachait presque la grande fenêtre du rez-de-chaussée.

Quand Marcia ouvrit la porte avec réticence pour la faire entrer, Janice fut saisie par le changement qui s'était opéré en elle. Quelques secondes s'écoulèrent avant qu'elle ne comprît d'où venait la différence. Depuis qu'elle était à la retraite, Marcia ne s'était pas donné la peine de reteindre les racines de ses cheveux dont le blanc neigeux tranchait maintenant sur le reste de la chevelure, brun foncé et raide. Peut-être attendait-elle que ses cheveux repoussent pour avoir les souples boucles blanches de la majorité des retraités que Janice allait voir, quoique, connaissant Marcia, cela semblât peu probable. Il aurait vraiment fallu qu'elle se fît couper la partie teinte pour obtenir une coiffure courte bien nette avec ses cheveux blancs, comme beaucoup de femmes âgées. Janice se demanda si elle pouvait essayer de lui suggérer avec tact qu'il se pratiquait des tarifs réduits pour les retraités chez certains coiffeurs du quartier. Mais pourquoi s'embarrasser de délicatesse? Mieux valait avoir son franc-parler avec des gens comme Marcia, et l'occasion se présentait.

– Je suppose que vous savez que vous pouvez vous faire coiffer à prix réduit chez Marietta si vous y allez entre neuf heures et midi le lundi et le jeudi? dit Janice, de son ton le plus doux.

Elle songeait à tous ces gens qui ne savent pas à quoi ils ont droit, qui ignorent ceux qui se coupent en quatre pour les aider, refrain bien connu des assistantes sociales.

– J'ai trouvé un prospectus à la bibliothèque et j'ai tous ces renseignements, dit Marcia avec impatience, et Janice eut le sentiment qu'on la congédiait.

– N'oubliez pas que vous pouvez toujours venir au Centre, reprit-elle, alors qu'elle passait la porte d'entrée. Il y a pas mal de retraités qui nous rendent visite, et ils ont l'air de bien aimer bavarder avec d'autres personnes embarquées dans la même galère.

Peut-être n'était-ce pas la manière la plus heureuse de formuler les choses, et en fait c'était assez comique l'image de ces retraités tous sur le même bateau. Quelquefois on se disait presque que ça ne serait pas une mauvaise idée que de les pousser au large tous ensemble. Tony, le mari de Janice, plaisantait souvent sur le sujet, mais bien entendu les personnes âgées n'étaient pas un objet de plaisanterie, comme elle ne cessait de se le dire. Et l'idée du bateau n'avait pas fait sourire Marcia, elle n'avait même pas répondu quand Janice avait suggéré qu'elle vînt au Centre. Janice soupira.

Marcia la regarda monter dans sa voiture et s'éloigner. « Les jeunes de nos jours sont incapables de faire trois pas », pensa-t-elle. Et qu'est-ce que c'était que cette histoire sur les coiffeurs? Janice elle-même avait des mèches de toutes les couleurs, alors qu'elle se taise. De toute façon Marcia n'aimait pas aller chez le coiffeur et elle n'y était pas allée depuis des années. Pas comme Letty, qui s'y rendait toutes les semaines. Elle ne manquerait pas de profiter des tarifs réduits pour retraités, elle... Marcia était encore dans le vestibule, peu à peu gagnée par un sentiment d'insatisfaction à la pensée de Letty. C'était surtout à cause de cette histoire de bouteille de lait, mais il y avait aussi autre chose. Letty lui avait envoyé une carte postale, elle proposait qu'elles se voient un jour – comme si Marcia pouvait avoir envie de ça! Qui savait ce que Letty était capable de lui « refiler », si elle en avait l'occasion? Elle n'allait certainement pas répondre à cette carte.

Letty attendait une quelconque réponse de Marcia à sa proposition de rencontre, mais, tout compte fait, elle ne fut pas surprise de n'en pas recevoir. On pouvait très rapidement se détacher des gens, et cette vie au bureau, où elles n'avaient jamais été très intimes, semblait maintenant si lointaine. En revanche, bien que ce ne fût en rien comparable, elle reçut une lettre de Marjorie, annonçant qu'elle venait à Londres pour des achats et demandant à Letty de déjeuner avec elle.

Elles se retrouvèrent dans le restaurant d'un grand magasin d'Oxford Street, qui correspondait assez à l'idée que Norman s'était faite de Letty pour le premier jour de sa retraite. Il apparut que Marjorie était venue à Londres pour acheter les vêtements de son trousseau, ce qui sembla à Letty une idée assez démodée mais également déplacée chez une femme de plus de soixante ans. Pourtant Marjorie avait toujours eu une nature romantique, sachant tirer le meilleur parti des circonstances les moins prometteuses. Même Marcia, se rappela Letty, « s'intéressait » au chirurgien qui avait pratiqué son opération, si bien qu'une visite à l'hôpital devenait un objet d'attente. Seule Letty, semblait-il, n'avait rien dans sa vie qui la fît rêver, et la perspective du mariage de Marjorie dépassait son imagination. Si elle avait maintenant surmonté une certaine déception à l'idée de devoir renoncer à ses projets de retraite, elle n'était toujours pas capable de s'associer complètement à l'extase de Marjorie. Mais elle pouvait lui donner des idées pour ses achats, et « c'était toujours ça », n'est-ce pas?

– J'aurai une robe en crêpe bleu, dit Marjorie, et je pensais acheter un petit chapeau assorti.

– Tu pourrais porter un chapeau à larges bords, suggéra Letty, convaincue que quelques ombres sur le visage ne pouvaient que flatter une femme de leur âge.

– Oh, tu crois? Oui, je suppose que ce n'est pas comme pour un mariage dans le grand monde, les gens ne s'attendent pas forcément à voir votre visage, ou n'en ont pas envie – Marjorie se mit à rire –, et naturellement il n'y aura pas un monde fou – ça sera très intime.

– Oui, j'imagine.

Les mariages de personnes âgées l'étaient en général.

– Tu n'es pas fâchée, n'est-ce pas, Letty?

– Fâchée? s'étonna Letty.

– Qu'on ne t'ait pas demandé d'être demoiselle d'honneur, je veux dire.

– Bien sûr que non! Je n'y avais même pas pensé.

Des femmes d'un certain âge qui se rendent ce genre de service, voilà qui semblait hautement déplacé, et elle était surprise que Marjorie eût suggéré chose pareille. De toute façon, Letty avait été demoiselle d'honneur au premier mariage de Marjorie. Elle se demanda si Marjorie l'avait oublié, mais elle avait trop de tact pour le lui rappeler.

– Et nous n'aurons même pas d'invités – juste mon frère pour me donner en mariage et un ami de David, un collègue prêtre, comme garçon d'honneur.

– Est-ce qu'il a des parents?

– Seulement sa mère – il est fils unique.

– Et sa mère n'assistera pas au mariage?

Marjorie sourit.

– Tu sais, elle entre dans sa quatre-vingt-dixième année, alors ça m'étonnerait fort. Elle vit dans une communauté religieuse – elle a été recueillie par des sœurs.

– Pour finir ses jours? Ça semble être une bonne solution.

Letty vit que le fait d'aller à l'église pourrait avoir des avantages inattendus, et se demanda si Mrs Pope avait prit ses dispositions pour être recueillie par des sœurs un jour.

– Et comment ça va pour toi, Letty? s'enquit Marjorie quand il y eut une pause dans la conversation. Tu aimes ta nouvelle vie – la chambre dans le NW6. A Hampstead, c'est ça?

– Eh bien, c'est plutôt West Hampstead, avoua Letty.

S'il s'était agi du vrai Hampstead elle l'aurait dit.

– Je pense toujours que tu aurais peut-être été plus heureuse à Holmhurst dans le village, comme je l'avais suggéré. Je pourrais encore t'inscrire, tu sais. Il y aura forcément une place dans un proche avenir.

– Oui, tu l'as déjà dit – il se peut que quelqu'un meure – mais je suppose que cette place-là est prise maintenant.

– Oh, oui – mais il y a forcément quelqu'un d'autre qui va mourir, ça arrive tout le temps, dit Marjorie gaiement.

Elles prirent un café, et Letty déclara qu'elle pensait rester où elle était pour le moment.

– Oui, ça a vraiment l'air très satisfaisant, reconnut Marjorie, qui voulait manifestement qu'il en fût ainsi. Mrs Pope me paraît une femme extraordinaire.

– Oui, elle est formidable pour son âge, dit Letty, répétant ce que les gens disaient toujours d'elle. Elle est très active dans la paroisse. Je suppose qu'il faudra que tu le sois aussi quand tu seras mariée.

– Oh, ça me plaira. Pouvoir *aider* quelqu'un, tu ne crois pas que c'est le but principal de la vie, ce que tout le monde...

Marjorie hésita et Letty vit qu'elle n'osait pas poursuivre, insister sur le contraste entre sa propre situation, enviable, qui consistait à seconder un homme, et cette retraite inutile qui était le lot de Letty.

– Parfois je pense que je devrais chercher un autre travail, dit Letty, à mi-temps, peut-être.

– Oh, ne sois pas trop pressée protesta Marjorie rapidement, ne voulant pas renoncer au luxe d'avoir une amie moins utile qu'elle. Profite de tes loisirs et de toutes les choses que tu peux faire maintenant. Si seulement j'avais le temps de lire un peu sérieusement, je me le dis souvent.

Letty repensa aux livres de sciences sociales qu'elle avait rendus à la bibliothèque, mais Marjorie parlait déjà d'autre chose, d'une paire de chaudes pantoufles pour son futur mari. Pourquoi ne pas aller chez Austin Reed? Alors qu'elles sortaient ensemble du restaurant, Letty contempla les formes généreuses de son amie et se demanda en quoi, pendant toutes ces années, elle, Letty, avait échoué.

## XV

– Ce n'est pas une question d'argent, déclara Norman. Dieu sait que je ne suis pas pingre au point de refuser un petit repas à ces braves filles.

Edwin nota que Letty et Marcia, précédemment « les filles », étaient maintenant « ces braves filles ». Ni l'une ni l'autre de ces deux descriptions ne semblait entièrement convenir, mais comme il n'avait rien de mieux à ajouter il ne fit pas de commentaire.

– On avait dit qu'on garderait le contact, rappela-t-il à Norman, et ça fait quelque temps qu'elles sont parties maintenant.

– Oui, le temps de s'organiser – il valait mieux attendre un peu. Bien entendu, nous pourrions utiliser des tickets-restaurant; si nous allions au *Rendez-Vous,* je veux dire.

– Des tickets-restaurant? Vous croyez? Ce n'est peut-être pas très... Edwin hésita.

– Élégant, vous voulez dire? Vous ne vous imaginez pas que ça va être un repas élégant, si?

Norman était plus sarcastique que nature.

– Ce qui compte, c'est l'idée en soi, pas l'argent. Je suis tout à fait prêt à allonger 50 p pour leur offrir à déjeuner.

– Je crois qu'il va vous falloir allonger bien plus de 50 p, remarqua Edwin, même si nous pouvons utiliser quelques tickets-restaurant. J'en ai gardé pas mal, et après tout elles n'en sauraient jamais rien. Au *Rendez-Vous,* on paie à la caisse, alors l'un de nous pourrait faire le nécessaire sans qu'elles s'en rendent compte.

– Mais on serait mal à l'aise, observa Norman. Nous n'avons jamais fait de repas au restaurant avec elles. Vous arrivez à nous imaginer tous les quatre autour d'une table?

– Vous n'allez pas me dire que nous devrions manger des sandwiches au bureau? Elles ne nous en seraient pas spécialement reconnaissantes.

– Mais de quoi parlerons-nous, une fois que nous leur aurons demandé comment elles vont et tout ça?

– Oh, on se débrouillera, dit Edwin, avec une assurance qu'il ne ressentait pas tout à fait, bien qu'il fût si habitué aux réunions parfois délicates de l'église qu'un déjeuner avec deux anciennes collègues devait tout à fait entrer dans ses capacités.

Après tout, c'était lui qui avait eu l'idée d'inviter Letty et Marcia à déjeuner. Sa conscience ne l'avait pas laissé en paix, et finalement il leur avait écrit – pendant les heures de bureau, bien sûr, cela relevait du « travail » que de lancer une invitation. Letty avait répondu promptement, disant qu'elle aimerait beaucoup les revoir. La réponse de Marcia avait été plus longue à venir, et son acceptation donnait l'impression qu'elle accordait une faveur, car elle était très prise. Edwin et Norman se demandèrent ce qu'elle pouvait bien faire pour être si occupée. Peut-être avait-elle trouvé un autre travail, quelque improbable que cela parût.

– De toute façon, nous le saurons bientôt, dit Edwin, quand le moment approcha.

Il avait appris par Mrs Pope, à l'église (il y était allé pour la fête de la Dédicace), que Letty semblait s'être bien habituée mais qu'elle avait tendance à rester « seule », comme si c'était une mauvaise chose. Personne n'avait eu de nouvelles de Marcia depuis le jour de sa retraite, bien qu'Edwin passât parfois au coin de la rue où elle habitait et eût plus d'une fois pensé à sonner à sa porte à l'improviste. Mais quelque chose, il ne savait pas exactement quoi, l'avait toujours retenu. La parabole du bon Samaritain lui revenait sans cesse à l'esprit et cela le mettait mal à l'aise, bien qu'elle ne fût pas appropriée le moins du monde. Il était tout à fait faux de dire qu'il « passait de l'autre côté », alors qu'il ne s'approchait même pas de la maison, et pour autant qu'on le sût, Marcia était parfaitement heureuse. Bien sûr, on n'avait pas *dit* à Edwin qu'elle l'était, mais pour quelque obscure raison il avait le sentiment que si quelqu'un était à blâmer de n'avoir pas gardé le contact, c'était Norman.

On s'était mis d'accord sur le fait que Letty et Marcia viendraient au bureau, d'où ils partiraient tous déjeuner. Letty arriva la première, elle portait son plus beau tailleur en tweed et avait une nouvelle paire de gants.

– C'est tellement agréable de ne pas avoir à s'encombrer d'un sac à provisions, dit-elle, embrassant du regard, non seulement Edwin et Norman, qui avaient l'air tout à fait les mêmes, mais aussi les changements qui s'étaient opérés dans la pièce.

– Je vois que vous avez pris vos aises, ajouta-t-elle, remarquant que les hommes semblaient occuper maintenant tout l'espace qui leur avait autrefois suffi à tous les quatre.

De nouveau, elle éprouva ce sentiment de néant, alors qu'il lui apparaissait de manière si flagrante qu'elle et Marcia avaient été supprimées de la sorte, comme si elles n'avaient jamais existé. En regardant autour d'elle, elle tomba sur une plante, un phalangium, qu'elle avait apporté un jour et n'avait pas pris la peine de reprendre quand elle était partie. La plante avait proliféré; de nombreux petits rejets étaient apparus et retombaient jusque sur le radiateur. Cela avait-il une signification, était-ce une preuve que Letty avait un jour existé, qu'il restait quelque chose d'elle? Au moins, la nature subsistait, quoi qu'il nous arrive, elle savait cela.

– Oui, elle a bien poussé, cette plante, dit Edwin. Je l'ai arrosée toutes les semaines.

– Vous nous avez laissé un peu de vous-même, observa Norman, sur un ton bavard, puis, comme d'un commun accord, ils abandonnèrent le sujet, chacun craignant peut-être d'y trouver une signification plus profonde.

– Marcia est au courant de l'heure dont nous sommes convenus? demanda soudain Norman. Il vaut mieux y aller tôt si on veut avoir une table.

– Oui, j'ai dit midi et demie et ce doit être presque l'heure maintenant, dit Edwin. Je crois qu'il y a quelqu'un à la porte

C'était Marcia, qui faisait une entrée remarquée à cause de son allure bizarre.

Quand elle avait reçu l'invitation d'Edwin, elle s'était d'abord dit que c'était « hors de question » – elle ne pouvait absolument pas trouver le temps de venir déjeuner en ville. Puis elle pensa que ce serait l'occasion rêvée de rendre la bouteille de lait étrangère à Letty, alors elle l'emballa dans un sac en plastique et la mit dans son sac à provisions. A l'inverse de Letty, elle en avait apporté un, car elle avait l'intention d'aller chez Saintsbury pour réapprovisionner sa réserve de conserves.

Il fallut quelques secondes aux autres pour se remettre de l'émotion causée par une telle apparition. Marcia était plus maigre que jamais, et son corps émacié flottait dans son clair manteau d'été. Elle avait aux pieds de vieilles bottes en peau de mouton bordées de fourrure, portait une paire de bas maintes fois reprisés, et elle était coiffée d'un coquin petit chapeau de paille tout à fait déplacé d'où ses étranges cheveux pie tombaient en mèches broussailleuses.

Edwin, qui n'était pas particulièrement observateur, se rendit tout de même compte que c'était un curieux assortiment de vêtements, mais ne pensa pas qu'elle avait l'air très différente de ce qu'elle était d'habitude. Norman se dit : « Pauvre vieille, elle ne tourne visiblement pas rond. » Letty, qui attachait de l'importance au vêtement, fut consternée – qu'une femme pût devenir à ce point indifférente à ce qu'elle porte, pût même ne plus se rendre compte de son allure, la mit profondément mal à l'aise. Elle fut presque prise de remords, comme si elle, Letty, avait dû faire davantage pour Marcia dans son isolement. Mais bien sûr, elle avait proposé une rencontre et Marcia n'avait pas répondu à sa lettre... Et voilà que maintenant elle avait honte parce qu'elle était gênée à l'idée de se trouver dans un restaurant avec Marcia.

Par chance, le *Rendez-Vous* était plutôt vide, et ils trouvèrent une table dans un coin à l'écart.

– Ce restaurant mérite son nom pour une fois, dit Norman, faisant gaiement la conversation alors qu'ils étudiaient le menu. C'est vraiment un lieu de rendez-vous pour des...

Il ne dit pas « amis », car ce n'était pas exactement ce qu'ils étaient, et « collègues » semblait trop guindé et légèrement ridicule.

– Un lieu de rencontre pour des gens qui ne se sont pas vus depuis longtemps, suggéra Letty, et les hommes lui en furent reconnaissants; mais ce n'était pas l'idée qu'elle avait de l'endroit, à l'époque où elle y déjeunait seule. Ce lieu lui avait toujours paru plein de gens esseulés prenant des repas solitaires.

– Eh bien, qu'allons-nous manger? demanda Edwin, se tournant surtout vers Marcia qui était apparemment celle qui avait le plus besoin de manger, on pouvait presque dire d'être nourrie.

– Un vrai repas ne vous ferait pas de mal, il me semble, constata Norman sans détour. Si vous preniez une soupe pour commencer, et ensuite le rôti ou du poulet?

– Oh, une salade me suffira, protesta Marcia. Je ne fais jamais un repas lourd au milieu de la journée.

– Eh bien, je crois que les autres ne se contenteront pas de ça, lança Edwin plein d'entrain.

– Oui, il ne fait vraiment pas un temps à manger des salades, acquiesça Letty.

– Je vous aurais crue une inconditionnelle des salades, dit Norman. Vous avez un peu grossi, non?

Son ton était taquin, mais Letty y décela un soupçon de malveillance. Elle savait qu'il avait raison, car depuis qu'elle était à la retraite, manger était une des choses qui l'intéressaient le plus et lui procuraient le plus de plaisir.

– Lorsqu'on prend de l'âge, on a souvent un penchant pour la nourriture, continua Norman, aggravant son cas, car même à présent Letty ne se mettait pas dans la catégorie des gens qui prennent de l'âge. Les autres s'en fichent complètement, ajouta-t-il.

– Écoutez, intervint Edwin, qui sentait que la

serveuse rôdait autour d'eux, qu'allons-nous prendre?

Pour finir, Letty commanda le poulet « forestière », Norman le rôti de porc, et Edwin, dont le végétarisme n'excluait pas le poisson, de la plie et des frites. Marcia fut « incorruptible », comme le dit Norman, et insista pour prendre une petite salade au fromage. Quant aux boissons, les hommes choisirent de la bière blonde tandis que Letty se laissa convaincre de prendre un verre de vin blanc. Marcia, bien sûr, ne voulut rien, et célébra la vertu d'abstinence, ce qui amusa beaucoup deux jeunes hommes à la table voisine.

– Alors...

Le soulagement qu'Edwin éprouvait à voir la nourriture arriver sans encombre se sentait nettement à son ton plus détendu. Comme il l'avait laissé entendre, il se tenait pour responsable du succès de l'entreprise.

– Tout le monde est satisfait? Vous ne voudriez pas un petit pain et du beurre avec votre salade? proposa-t-il à Marcia.

– Je ne mange jamais de pain pendant les repas, déclara-t-elle.

– Un jour vous en arriverez à ne plus pouvoir manger si vous ne faites pas attention, déclara Norman. On appelle ça de l'anorexie mentale – il y a eu un débat là-dessus à la radio.

– Ce sont les jeunes filles qui font de l'anorexie mentale, répliqua Marcia, du haut de ses connaissances médicales. Je n'ai jamais beaucoup mangé.

– J'espère que votre poulet est bon? dit Edwin à Letty.

« Comme si c'était mon rôle que de me soucier de ce que Letty mange! » pensa-t-il, se moquant de lui-même, mais il fallait jouer les hôtes dans ces circonstances.

– Merci, il est absolument délicieux, affirma Letty poliment.

– Des légumes et tout ça, dit Norman. Je suppose que c'est ce que signifie « forestière » – des produits de la forêt. Sauf qu'on ne trouverait pas vraiment des légumes dans une forêt, non?

– Il y avait des champignons dans mon plat, répondit Letty, et on en trouve certainement dans les bois et les forêts.

– Mais vous n'en voudriez pas, riposta Norman, pas s'ils venaient de la forêt.

– Naturellement aujourd'hui la plupart des champignons sont cultivés, dit Edwin. Je crois que c'est une activité très lucrative pour la retraite.

– Dans une chambre meublée, c'est difficile, constata Norman. Mais vous et Marcia, vous pourriez vous y mettre, dans vos maisons, si vous avez un sous-sol ou une remise dans le jardin.

Marcia le regarda avec méfiance.

– Ma remise me sert à tout autre chose, dit-elle.

– De noirs secrets, plaisanta Norman, mais Marcia n'eut pas l'air amusée.

– Edwin ne nous suggérait pas sérieusement de nous lancer dans la culture des champignons, dit Letty, même si les gens y réussissent assez bien, je crois.

– Vous connaissez quelqu'un qui l'a fait? demanda Edwin.

– Oh, non, s'empressa de répondre Letty.

Cela sembla mettre un terme à ce sujet précis de conversation et il y eut un bref silence qui fut rompu quand Edwin demanda ce qu'ils voudraient manger ensuite, un dessert, « dizeurt », comme disent les Américains?

– Plus rien pour moi, merci, déclara Marcia avec fermeté.

Après avoir mis sa salade dans un triste état, elle en avait laissé la plus grande partie sur le bord de son assiette. Letty, se souvenant de la remarque de Norman sur son poids, décida que s'il fallait passer pour une goinfre, autant valait profiter au maximum de son repas. Elle pourrait se contenter d'un dîner à basses calories ce soir.

– Je voudrais une tarte aux pommes avec de la crème fraîche, dit-elle.

– La tarte aux pommes de la tante Betsy, remarqua Norman. Je crois que j'en prendrai moi aussi.

Edwin se décida pour un pudding au caramel et essaya de persuader Marcia de changer d'avis, mais sans succès.

– Nous ne vous avons pas vraiment demandé ce que vous faites toutes les deux de votre retraite, dit Norman, alors, racontez-nous.

Cette manière de parler jeta une note allègre et Letty décrivit ses efforts pour entreprendre des études de sociologie et son lamentable échec à venir à bout de ses livres.

– Ça ne m'étonne pas, constata Norman. Pourquoi s'embêter avec ce genre de choses? Vous avez besoin d'un bon repos. Après tout le travail que vous avez fait ici, vous le méritez.

Se demandant de nouveau quel avait été ce travail qui avait si peu marqué les autres, Letty ajouta :

« Apparemment, j'occupe mon temps plutôt agréablement. »

Il ne fallait surtout pas qu'elle laissât deviner le moins du monde qu'elle se sentait seule ou s'ennuyait, qu'elle trouvait le temps long.

– Et votre amie – celle qui devait épouser le prêtre? s'enquit Edwin.

– Oh, elle ne l'a pas encore épousé. J'ai déjeuné avec elle l'autre jour.

– Je ne vois pas pourquoi les choses presseraient, dit Edwin, ne se rendant pas compte qu'il y avait un malentendu possible, ce dont Norman s'empara.

– J'espère bien que non! ricana Norman. Et de toute façon, mariez-vous à la hâte et vous aurez tout le temps de vous repentir.

– Il ne peut certainement pas s'agir de *ça*, dit Edwin.

– Ma foi, non, acquiesça Letty. Ce dicton ne concerne pas vraiment les gens de soixante ans.

– Pourquoi pas? suggéra Norman. Pourquoi pas, en vérité? Et je crois que vous nous avez dit que cette dame a quelques années de plus que son futur époux.

– Je vous l'ai dit? Je n'en ai pas le souvenir.

Letty espéra qu'elle n'avait pas fait preuve de malveillance envers son amie.

– Et qu'avez-vous fait de votre temps? demanda Edwin se tournant vers Marcia avec un air aimablement interrogateur qui ne justifiait guère une réponse aussi brutale.

– Ce sont mes affaires, lui rétorqua-t-elle sèchement.

– Vous êtes retournée à l'hôpital? intervint Norman, pour la calmer, toujours suivie par ce docteur, non?

Marcia marmonna le nom de Mr. Strong puis, élevant la voix, elle se mit à se plaindre des visites inopportunes de l'assistante sociale.

Letty absorba ses dernières gouttes de vin avec un sentiment de regret. Ce n'était pas un très grand verre.

– Je n'ai jamais eu la visite d'une assistante sociale, moi, avoua-t-elle.

– Vous n'avez pas eu d'opération grave, répondit Marcia, un peu trop fort.

Les jeunes hommes de la table voisine furent de nouveau amusés.

– Eh bien, s'ils ne laissent pas tomber des gens qui sont allés à l'hôpital, expliqua Edwin, cela parle en faveur de la Santé Publique et de la surveillance médicale. Je trouve que c'est très encourageant.

– Ne nous dites pas que vous avez l'intention de subir une opération importante, comme celle de Marcia, plaisanta Norman.

On eut le sentiment qu'il était allé un peu trop loin, et Edwin se dépêcha de demander s'il devait commander du café pour tout le monde.

– Pas pour moi, dit Marcia, il faut vraiment que je parte, j'ai beaucoup de courses à faire.

– Oh, restez jusqu'à ce que nous buvions le nôtre, insista Norman, enjôleur. Ce n'est pas souvent que nous avons l'occasion de bavarder.

Une expression curieuse, que seule Letty sembla remarquer, apparut sur le visage de Marcia. On aurait presque dit que c'était de la douceur. Éprouvait-elle donc quelque chose pour Norman? Mais ce ne fut qu'un changement passager, et alors que les autres buvaient leur café, elle fut de nouveau impatiente de partir.

– Je suppose qu'il va falloir que vous retourniez à votre galère, tous les deux, dit Letty, lorsqu'il sembla que le temps du déjeuner ne pouvait plus être prolongé.

– Si on peut dire, répondit Edwin.

– C'est bien ce à quoi ça ressemble quelquefois, soupira Norman. Vivement la retraite.

Letty se demanda ce qu'il ferait dans sa chambre

meublée quand il serait à la retraite, et elle faillit lui en parler, mais bien entendu il ne restait pas de temps pour ce genre de chose. Le travail, ou ce qui en tenait lieu, devait être fait, et les deux hommes étaient déjà restés en dehors du bureau plus longtemps que d'habitude. Enfin, c'était exceptionnel, ça n'arrivait pas tous les jours, et si on leur avait adressé des reproches, Edwin et Norman auraient été prêts à se défendre. Mais personne ne leur posa de question et ils retournèrent discrètement à leur bureau sans être vus.

Marcia s'engagea rapidement dans une rue latérale où se trouvait une petite succursale de Saintsbury. En plongeant la main dans son sac à provisions, le préparant à recevoir les diverses boîtes qu'elle avait l'intention d'acheter, elle rencontra le paquet contenant la bouteille de lait qu'elle avait oublié de rendre à Letty. Quelle barbe! Un instant, elle se demanda si elle pouvait rattraper les autres, elle se dépêcha de remonter la rue, mais ils étaient déjà trop loin, ils avaient disparu. Elle fit demi-tour, frustrée.

Quand elle arriva à Saintsbury, l'immeuble donnait une curieuse impression de vide et personne n'y entrait ou n'en sortait. Avait-elle oublié que c'était un jour où le magasin fermait tôt? Mais pourtant, c'était bien le samedi? Elle s'approcha et jeta un coup d'œil par la porte. Ce qu'elle vit lui causa un choc – le magasin avait été complètement vidé, presque rasé. C'était bel et bien fermé, et définitivement, apparemment depuis plusieurs semaines, et personne ne le lui avait dit. Cette succursale avait été abandonnée, elle n'existait plus, et Marcia ne pourrait donc pas acheter les boîtes qu'elle souhaitait mettre dans sa réserve. Absurdement, elle en voulut à Edwin et Norman de ne pas l'en avoir informée. Il n'y avait rien à faire si ce n'était aller à la bibliothèque.

Letty, après avoir quitté les deux hommes, y était allée aussi, et Marcia s'approcha à pas de loup derrière elle alors qu'elle feuilletait les biographies.

– Ceci est à vous, je crois, dit Marcia d'un ton accusateur, lui tendant brusquement la bouteille de lait dans son emballage.

– Une bouteille de lait?

Naturellement, Letty ne s'en souvenait pas, et Marcia dut lui rappeler les circonstances, ce qu'elle fit, à voix haute, si bien que d'autres gens se retournèrent et le jeune bibliothécaire blond sembla sur le point d'élever une quelconque protestation. Letty, sentant que l'atmosphère était tendue, accepta la bouteille sans plus d'histoire, Marcia s'éloigna alors rapidement, se disant que si ce déjeuner en ville avait été une perte de temps, il avait au moins eu une issue satisfaisante. Letty, encombrée de la bouteille, et n'ayant pas de sac à provisions, quitta la bibliothèque sans prendre de livre et déposa la bouteille dans un cageot devant une épicerie qui se trouvait près du bureau. « Marcia aurait très bien pu le faire elle-même », pensa-t-elle, mais ce n'était manifestement pas ainsi que son esprit fonctionnait. Elle préféra ne pas s'attarder sur ce genre de problème, ne pas se poser de questions. Dans l'ensemble, cette rencontre l'avait bouleversée, elle était presque aussi perturbée que le jour où elle avait vu cette femme effondrée sur le quai du métro, ce matin qui semblait maintenant si lointain.

Quand elle arriva chez elle, Letty trouva Mrs Pope dans le vestibule, un prospectus à la main.

– Aidez les personnes âgées, déclara-t-elle. On a

besoin de bons vêtements solides pour les personnes âgées à l'étranger.

Letty ne trouva rien à dire.

Après qu'ils aient pris congé des femmes, Norman se tourna vers Edwin.

– Il faut que vous m'annonciez le montant des dégâts, et je m'arrangerai avec vous.

– Oh, ça ira. J'ai surtout utilisé des tickets-restaurant – ce qui reste est tout à fait négligeable – laissez-moi ça, s'il vous plaît, répondit rapidement Edwin, car il était parfois hanté par l'image de Norman dans sa chambre meublée, alors que lui avait une maison pour lui tout seul.

– Eh bien, merci, mon vieux, lança Norman un peu gêné. C'était pas si mal que ça, en fait, vous ne trouvez pas?

– Non, ça s'est assez bien passé, mieux que je ne l'aurais cru, par certains côtés, mais Marcia a un air qui ne me dit rien de bon.

– Ne m'en parlez pas! Je dirais qu'elle ne tourne pas rond du tout. Enfin, elle est suivie par un docteur, c'est déjà ça. Et il y a cette assistante sociale qui va la voir.

– Oui, un peu trop souvent, à l'en croire. Les gens ont l'air de s'occuper d'elle.

Sur ces mots ils abandonnèrent le sujet. Edwin prit tout de même la parole pour dire qu'il faudrait recommencer, inviter à nouveau Letty et Marcia à déjeuner. Mais il était réconfortant de savoir qu'il n'était pas nécessaire que cela eût lieu avant un certain temps, et que pour le moment ils avaient fait leur devoir.

# XVI

Bien qu'il fût mort depuis quelques années, Snowy, le vieux chat, manquait toujours à Marcia, et un soir, en retrouvant un plat à lui dans le placard sous l'évier, elle y pensa tout particulièrement. Elle fut surprise, et un peu bouleversée, de constater que des fragments séchés de Kit-e-Kat y étaient restés collés. Avait-elle oublié de le laver après sa mort? Cela semblait improbable. Un observateur n'aurait sans doute pas été surpris, mais Marcia se considérait comme une maîtresse de maison méticuleuse et elle avait toujours porté un soin particulier aux plats de Snowy, les gardant, selon ses propres mots, « dans un état de propreté immaculée ».

La découverte du plat lui donna envie d'aller voir la tombe du chat qui se trouvait quelque part au fond du jardin. A la mort de Snowy, Mr Smith, qui habitait la maison d'à côté avant l'arrivée de Nigel et Priscilla, avait creusé une tombe, et Marcia y avait déposé Snowy, enveloppé dans un morceau de sa vieille robe de chambre en pilou bleu sur laquelle il avait l'habitude de dormir. « Au cœur même de la vie, nous sommes dans la mort », s'était-elle dit, repensant à ce que ce tissu évoquait pour elle. Elle n'avait marqué d'aucune manière l'emplacement de la tombe, mais elle se rappelait où elle était, car lorsqu'elle marchait le long de l'allée, elle songeait à Snowy couché par ici. Mais avec le temps elle oublia l'endroit exact et maintenant, en plein été, avec les herbes hautes, elle n'arrivait plus du tout à la situer. Cette partie du jardin était à ce point envahie par la végétation qu'elle ne pouvait pas dire où se trouvait la limite entre l'allée et le parterre de fleurs. Il y avait un buisson luxuriant d'herbe-aux-chats, la tombe ne devait donc pas être bien loin, car Snowy adorait se rouler dans cette plante. Marcia écarta alors de la main les feuilles et les herbes qui recouvraient le sol, mais il n'était pas possible de la discerner. Puis elle se dit que si elle se mettait à creuser dans cette partie du jardin, elle tomberait certainement sur la sépulture, peut-être découvrirait-elle un morceau de tissu bleu, et trouverait-elle même ensuite des ossements.

Elle alla à la remise et prit une bêche qui lui parut très lourde. Si elle l'avait déjà maniée dans le passé, elle en était certainement incapable maintenant. « Évidemment, après mon opération », pensa-t-elle, essayant de nouveau de remuer la terre et l'épais amalgame de mauvaises herbes – pissenlits, chardons et liserons, plantes aux grosses racines entrelacées.

C'est ainsi que la découvrit Priscilla, accroupie au fond du jardin. Qu'avait-elle donc à essayer de creuser avec cette lourde bêche? C'était inquiétant et cela mettait Priscilla mal à l'aise; les vieux lui donnaient toujours mauvaise conscience – surtout Miss Ivory. Non seulement elle était sa voisine, mais elle faisait aussi partie de cette catégorie de gens que Janice Brabner appelait « les défavorisés », et cela avait de quoi inquiéter, même si Priscilla ne savait pas exactement ce que le terme signifiait.

Bien sûr, Nigel avait demandé à Miss Ivory si elle voulait qu'il lui tonde sa pelouse, mais elle la préférait telle qu'elle était et il ne fallait pas brusquer les gens âgés, leur indépendance était le seul trésor qui leur restait, il convenait de la respecter. Malgré tout, on pouvait peut-être proposer de l'aider un peu au jardin, creuser, par exemple... mais pas maintenant, alors que Priscilla avait des invités à dîner, ses avocats à préparer et une mayonnaise à faire. Peut-être que le temps permettrait ce soir de prendre l'apéritif dehors dans le petit patio qu'ils avaient aménagé, mais la vue de ce jardin à l'abandon à côté nuirait au charme de sa soirée. Si Miss Ivory s'obstinait à creuser et à la perturber ainsi, il faudrait intervenir. Mais voilà que, au grand soulagement de Priscilla, Marcia reprenait la direction de sa maison, traînant la lourde bêche derrière elle. Il n'y avait qu'à s'accrocher à l'espoir qu'elle savait ce qu'elle faisait.

De retour à la cuisine, Marcia avait oublié pourquoi elle était sortie, puis la vue du plat du chat qui trempait dans l'évier le lui rappela. Il n'y avait pas de trace de la tombe, et elle n'avait pas assez de force pour continuer à creuser. Elle pensa qu'elle devrait manger un peu, mais elle n'allait pas se donner le mal de faire cuire quelque chose et elle ne voulait pas déranger sa réserve de boîtes. Alors elle se contenta de préparer une tasse de thé qu'elle sucra abondamment, comme le thé à l'hôpital. « Une tasse de thé, Miss Ivory? Du sucre, chère madame? » Marcia eut chaud au cœur au souvenir de cette époque et de cette femme sympathique – on l'appelait Nancy – qui passait vous apporter du thé.

Ce même soir d'été, Letty aidait Mrs Pope et la rondelette Mrs Musson à trier les vêtements qui étaient arrivés en réponse à l'appel en faveur des vieux réfugiés.

– Que penseriez-vous si quelqu'un vous donnait ceci? dit Mrs Pope, en montrant une minijupe rouge vif. Il y a des gens qui n'ont pas la moindre idée de ce qu'il nous faut.

– Certaines femmes asiatiques sont très petites, répondit Letty hésitante. Je suppose que ça leur irait. Bien entendu, on ne sait pas vraiment ce qu'il leur faut – c'est tellement difficile à imaginer...

L'horreur des images vues sur l'écran de télévision de Mrs Pope semblait avoir si peu de rapport avec ces tas de vêtements peu convenables, empilés sur le sol de la salle à manger de Mrs Musson. Mrs Pope n'avait pas voulu des vêtements dans sa propre maison. Personne n'allait demander à une femme de plus de quatre-vingts ans... avait-elle déclaré, et bien sûr, il y avait du vrai dans ce qu'elle disait, même si on ne savait pas exactement pourquoi. Letty pensa qu'il pouvait s'agir d'une ancienne peur bien ancrée des « fièvres et des maladies » qui lui faisait éviter tout contact trop étroit avec les vieux vêtements des autres. Mais l'idée que les gens n'oseraient pas demander à une femme de plus de quatre-vingts ans de garder chez elle ce fatras de vieux habits n'avait guère de sens car Mrs Pope faisait exactement ce qu'elle voulait. Letty en conlut que vieillir avait peut-être des avantages, même s'ils étaient peu nombreux.

Depuis quelques mois qu'elle était à la retraite, Letty essayait consciencieusement de s'intégrer à la vie qui l'entourait, dans cette banlieue nord-ouest de Londres où elle se trouvait maintenant. Cela supposait, comme Edwin l'avait imaginé, de participer aux activités de l'église, assise plutôt au fond, essayant de comprendre ce que la fréquentation de l'église représentait pour les gens, en dehors des habitudes et des conventions, se demandant si cela signifierait quelque chose pour elle et quelle forme cela prendrait.

Un soir de mars d'un froid mordant, elle se joignit à un petit groupe, un rassemblement de deux ou trois personnes au plus, qui faisait péniblement un chemin de croix. C'était le troisième mercredi du Carême et il avait neigé, le sol était maintenant dur et gelé. L'église était glaciale. Les genoux des vieilles femmes craquaient à chaque station, elles devaient agripper le bord des bancs pour se mettre debout. « De douleur en douleur, de malheur en malheur... » récitaient-elles, mais Letty pensait à elle-même, elle se demandait comment elle devrait organiser le reste de sa vie. Pâques fut évidemment plus agréable, avec des jonquilles dans l'église et les gens qui faisaient un effort pour s'habiller mieux, mais il fit un froid terrible pour la Pentecôte, avec un ciel de plomb, et pas de chauffage dans l'église. Les fidèles n'y allaient donc que pour la lumière et la chaleur, le café après l'office du dimanche matin et un mot amical du prêtre?

Un jour Edwin était venu à l'office et Letty l'avait accueilli avec une telle chaleur qu'il avait dû prendre peur, car il n'était pas revenu. « Oh, il va dans beaucoup d'églises quand ça lui prend », avait fait remarquer quelqu'un, et bien sûr Letty savait que c'était vrai. Pas même le père G. n'avait son entière fidélité.

– Il est veuf, avait dit Mrs Pope, mais naturellement vous le savez, vous qui avez travaillé avec lui. Et il s'est donné beaucoup de mal pour vous trouver une chambre quand ce Noir a acheté la maison où vous habitiez. Il doit avoir très bonne opinion de vous – il s'était exprimé avec beaucoup de chaleur.

Pour Mrs Pope, cela allait loin, mais l'idée incertaine de la chaleur d'Edwin ne suffit pas à réchauffer le cœur transi de Letty.

Maintenant, au moins, elle avait l'impression de faire œuvre utile, en aidant à trier et à empaqueter des vêtements pour les vieux réfugiés. Elle aurait préféré une activité concernant davantage l'Angleterre et des gens qu'elle aurait pu se représenter portant effectivement les vêtements, même la mini-jupe écarlate, mais ce n'était pas le cas. Tout ce qui était un tant soit peu convenable fut tout simplement empaqueté dans des sacs en plastique noir, tandis que ce qui l'était moins fut mis de côté pour une vente de charité.

– La pièce aura besoin d'un bon nettoyage après ça, bien sûr, observa Mrs Pope, et Mrs Musson dut acquiescer, se sentant obligée de faire remarquer qu'elle nettoyait, de toute façon, la pièce quotidiennement.

– Je suppose qu'on aurait pu envoyer les vêtements à la salle paroissiale, suggéra Letty.

– Oh, vous n'y songez pas, répliqua Mrs Pope, mais Letty, même avec son expérience fraîchement acquise des affaires de la paroisse, ne possédait pas encore ce point particulier de connaissance ésotérique qui pouvait lui permettre de résoudre de tels problèmes. Rien n'était jamais comme on le croyait.

– Quelle délicieuse soirée, remarqua-t-elle, regardant par la fenêtre. Tous ces cytises.

En rentrant du travail, Norman ne fit pas attention aux cytises en fleur dans le jardin de la place, mais son cœur sursauta quand il vit que la vieille voiture qui était en rade depuis plus d'une semaine semblait avoir été enlevée. Il en avait référé à la police et au conseil municipal, et cette soirée d'été lui donnait un sentiment d'accomplissement, sensation qui lui était inhabituelle et agréable. Elle céda la place à une espèce d'agitation, si bien qu'après avoir fait cuire du bacon et des tomates et ouvert une petite boîte de ses haricots beurre préférés, il ne lui parut pas tout à fait suffisant de s'installer dans sa chambre avec l'*Evening Standard* et la radio. Il éprouvait le besoin de sortir, de prendre un bus et d'aller dans une autre partie de Londres, n'importe quel bus, le premier qui viendrait. Si tant est qu'il en vînt un, se dit-il sardoniquement.

Un bus arriva effectivement, il y monta et prit un billet pour Clapham Common, et se souvint aussitôt qu'Edwin habitait dans cette direction, mais bien entendu il était tout à fait improbable qu'il tombât sur lui. Il assistait sans doute à un de ses offices à la noix dans l'une de ses nombreuses églises.

Dans la partie supérieure du bus, Norman s'installa pour ce long trajet. C'était assez cher de toute façon, pensa-t-il. Il s'assit sur le premier siège à l'avant, comme un étranger qui visite Londres, observant le paysage qui l'entourait, tout ce qui croisait son regard – des points de repère bien connus, des bâtiments, la Tamise; puis des jardins et des gens qui travaillaient à leurs pelouses ou à leurs haies, et dans les rues des hommes occupés à leur rituel d'automobilistes consciencieux. Quand il arriva à un arrêt qui lui convenait, il descendit du bus et se mit à marcher au hasard. Il ne savait plus tout à fait maintenant pourquoi il était venu, ou ce qu'il allait faire quand il y arriverait, où que fût cet « y ». Il s'éloigna du parc et s'engagea dans une rue latérale, et tout comme cela était arrivé à Edwin quelque temps auparavant, il se rendit compte qu'il était en train de contempler le nom de la rue où

Marcia habitait. Mais à la différence d'Edwin, il ne recula pas et commença à descendre la rue, sans avoir pour autant de projet précis. Il n'avait certainement pas l'intention de lui rendre visite, il ne se souvenait même pas du numéro de la maison. Mais serait-il bien difficile de la distinguer des autres? se demanda-t-il. Est-ce qu'elle ne se détacherait pas des pavillons de banlieue victoriens élégamment retapés, avec leurs portes d'entrée pastel, leurs lanternes, leurs patios pavés et leurs auvents à voitures?

Il avait évidemment raison. La maison de Marcia avec sa peinture verte et crème qui s'écaillait, ses lauriers poussiéreux et ses rideaux miteux, était immédiatement reconnaissable. Il se posta de l'autre côté de la rue et la contempla, à la fois étourdi et fasciné, tout comme il avait contemplé les animaux momifiés au British Museum. La maison avait l'air déserte, les rideaux à demi tirés, et bien que la soirée fût douce, les fenêtres n'étaient même pas entrouvertes. Le jardin, d'après ce que Norman pouvait voir, était totalement à l'abandon, mais un vieux cytise magnifique s'épanouissait glorieusement. Ses branches retombaient sur une petite remise de jardin délabrée, et c'est là que Norman aperçut Marcia, sortant de la remise, les bras chargés de bouteilles de lait. Elle avait les cheveux tout blancs et elle portait une vieille robe de coton avec de grosses fleurs roses. C'était un spectacle si étrange qu'il resta comme cloué au sol. Il eut le sentiment qu'elle l'avait vu, et un instant ils semblèrent se regarder – de nouveau ce fut comme cette rencontre au Britsih Museum près des animaux momifiés – ils n'échangèrent aucun signe de reconnaissance mutuelle. Puis Marcia disparut de sa vue. Il pensa qu'elle rentrait probablement dans sa maison par-derrière.

Norman traversa la rue sans savoir clairement ce

qu'il devait faire. Fallait-il s'avancer jusqu'à la porte et sonner, se présenter? Son instinct fut de fuir mais il n'eut pas le temps de se décider qu'une jeune femme approchait de la maison, arrivant de la direction opposée. Elle marchait d'un air décidé, et quand elle vit Norman, qui s'attardait devant la maison de Marcia, elle lui lança :

– Vous venez voir quelqu'un ici?

– Oh, non, je ne fais que me promener, répondit Norman rapidement.

– Je vous ai observé, continua Janice. Vous connaissez quelqu'un dans cette maison?

– En quoi est-ce que cela vous concerne? rétorqua Norman sèchement.

– Il faut être sur ses gardes, tous autant que nous sommes. Il y a eu des cambriolages ici récemment.

– Charmant, je le reconnais! s'exclama Norman. Mais ça m'étonnerait que Marcia Ivory ait grand-chose d'intéressant à voler.

– Vous la connaissez, alors? Je suis désolée, mais vous savez comment c'est – on devient tellement méfiant. Janice sourit. En fait, j'allais justement rendre visite à Miss Ivory. Je suis assistante sociale volontaire.

– Vous vous occupez d'elle, n'est-ce pas?

– C'est ça, je viens jeter un coup d'œil de temps à autre.

– Bonne idée. Eh bien, au revoir. Il faut que je parte.

Norman commença à s'éloigner.

– Vous n'allez pas la voir maintenant que vous êtes ici? insista Janice.

– Oh, je l'ai vue, cria Norman qui était déjà loin à présent.

Et bien sûr, en un sens c'était vrai. Cette vision

d'elle avec les bouteilles de lait, ça comptait sûrement et ça lui avait suffi. On la voyait une fois, et on ne pouvait plus l'oublier, pensa-t-il. Mais au moins il pourrait dire à Edwin que bien que la maison de Marcia ait l'air un peu minable, comme on disait aujourd'hui, une jeune assistante sociale énergique veillait sur elle. Cela ne voulait pas forcément dire, pourtant, qu'il raconterait sa soirée à Edwin – il ne voulait pas être obligé d'expliquer ce qu'il était venu faire dans cette partie de Londres, quelle impulsion soudaine l'y avait conduit. C'étaient des choses qui arrivaient, et qu'Edwin ne comprendrait probablement pas.

Dans la maison, Janice disait de son ton le plus gai :

– Vous venez d'avoir une visite, me semble-t-il.

Marcia la regarda avec l'air déconcertant qu'elle avait toujours quand on lui faisait une remarque ou qu'on lui posait une question.

– Le monsieur que j'ai vu dans la rue, précisa Janice.

– Oh, lui! Marcia était méprisante. C'est juste quelqu'un avec qui je travaillais avant. Je n'ai pas envie que des gens comme ça viennent me voir.

Janice soupira. Il valait mieux abandonner le sujet du visiteur, ce curieux petit homme.

– Et comment allez-vous? demanda-t-elle. Vous avez fait des courses aujourd'hui?

## XVII

En se promenant dans le bois, Letty tomba sur des touffes d'ail sauvage.

– Oh, comme c'est beau! s'exclama-t-elle.

– Si tu avais vu les jacinthes des bois, dit Marjorie avec l'air de propriétaire enthousiaste de celui qui habite à la campagne. Elles étaient magnifiques cette année, mais c'est presque la fin maintenant. Tu aurais dû venir il y a quinze jours quand elles étaient en pleine floraison.

« Tu ne me l'as pas proposé à ce moment-là », pensa Letty, car ce n'était que maintenant que David était parti en visite chez sa mère (« dans sa quatre-vingt dixième année », se souvint Letty), que Marjorie lui avait demandé si elle n'aimerait pas passer quelques jours à la campagne.

– C'est presque comme autrefois, tu ne trouves pas? continua Marjorie.

– Oui, d'une certaine manière, acquiesça Letty, prenant note du « presque », mais il s'est passé tant de choses.

– Oui, n'est-ce pas? Qui aurait pu penser... la première fois que j'ai vu David, je n'aurais jamais cru...

Marjorie continua à évoquer cette première rencontre et ce qui avait suivi, l'évolution de ses relations avec l'homme qu'elle allait épouser. Letty la laissa discourir tout en regardant le bois autour d'elle; elle se rappelait son tapis de feuilles de hêtre en automne et se demandait si c'était un lieu où l'on pouvait avoir envie de s'allonger pour se préparer à la mort quand la vie serait trop lourde à supporter. Avait-on déjà trouvé une vieille personne – un retraité, naturellement – qui eût cédé à cette tentation? Il ne serait évidemment pas possible de rester là bien longtemps sans être découvert, car ce bois était l'un des lieux de prédilection des femmes dynamiques promenant leur chien. Ce n'était pas le genre de pensées auxquelles elle pouvait donner libre cours devant Marjorie, ni sur lesquelles elle pouvait s'attarder trop longtemps elle-même. Il y avait du danger dans cette direction.

Marjorie n'avait pas abandonné l'idée que Letty pût trouver une chambre à Holmhurst, et elles devaient, ce soir-là, dîner avec Miss Doughty, la directrice résidente.

Beth Doughty était une femme d'environ quarante-cinq ans, élégamment vêtue, à la coiffure sévèrement ordonnée, au regard aigu, maquillée avec outrance, ce qui lui donnait un air curieusement démodé. Elle servit de généreuses rasades de gin, expliquant que dans son travail on avait besoin de ce qu'elle appela assez curieusement un « soutien moral ». Letty se surprit à se demander si elle aimait vraiment les vieux, mais peut-être que l'efficacité était plus importante que la sympathie, et cette dame donnait sans aucun doute l'impression d'être hautement capable.

– Pensez-vous que Letty pourrait trouver une place à Holmhurst? demanda Marjorie. Vous m'aviez dit qu'il allait peut-être y en avoir une qui se libérerait bientôt.

– Vous n'aimeriez pas vivre ici, pas après avoir vécu à Londres, déclara Beth. Regardez-les donc – venez à la fenêtre.

Letty regarda dehors, son verre à la main. Trois vieilles dames – nombre inconfortable, qui laissait supposer une gêne – faisaient lentement le tour du jardin. Il n'y avait rien en elles de particulièrement remarquable, si ce n'est qu'elles semblaient loin de toute vie. Soudain, Letty s'indigna que Marjorie eût supposé qu'elle pourrait se satisfaire de ce genre d'existence alors qu'elle-même allait épouser un si séduisant pasteur. C'était tout à fait comparable à cette vie d'il y avait quarante ans, quand Letty était toujours à la remorque de son amie, mais rien ne l'obligeait maintenant à se conformer à ce modèle. Alors que Beth Doughty lui remplissait de nouveau son verre, elle décida qu'une chambre à Holmhurst était la dernière chose qu'elle accepterait – il valait mieux s'allonger dans le bois sous les feuilles de hêtre et les fougères et attendre tranquillement la mort.

– C'est un des plats préférés du père Lydell » annonça Beth, apportant sur la table une cocotte avec son couvercle. « Du poulet niçoise, j'espère que vous l'aimez.

– Oh, oui, murmura Letty, se rappelant les fois où elle avait mangé du poulet niçoise chez Marjorie.

Est-ce que David Lydell avait fait le tour de tout le village pour essayer la cuisine des femmes sans attaches avant de décider chez laquelle il resterait? En tout cas, le plat qu'elles mangeaient ce soir était tout à fait à la hauteur.

Plus tard Marjorie lui confia :

– C'était plutôt drôle l'histoire du poulet niçoise et la façon que Beth a eu de nous faire savoir qu'elle avait invité David Lydell à manger – elle lui a mis le grappin dessus, tu sais.

– Et ce vin que nous avons bu – c'était de l'Orvieto?

– Oui, encore une des choses préférées de David. C'est vraiment très drôle, n'est-ce pas?

Letty avait des doutes sur le sujet, car ce petit épisode ridicule lui avait permis d'entrevoir quelque chose de plus profond qu'elle ne voulait pas spécialement explorer.

– Je me demande vraiment comment Beth Doughty arrive à se payer tout ce gin, continua Marjorie, c'est tellement cher de nos jours. Par bonheur, David n'aime pas l'alcool.

– Eh bien, c'est une bénédiction, n'est-ce pas? acquiesça Letty, sentant qu'il y avait quelque chose d'obscurément incorrect dans la juxtaposition de l'alcool avec la bénédiction, mais incapable de fournir une modification appropriée.

Ce soir-là, Marcia alla chez le docteur. Elle n'avait pas pris de rendez-vous, et ne savait même pas vraiment lequel des trois docteurs elle verrait, mais cela n'avait pas une grande importance dans la mesure où aucun d'entre eux n'était Mr Strong. Ça ne la gênait pas d'avoir à patienter presque deux heures; elle ne feuilleta même pas les minables magazines mais se contenta d'observer les autres clients qui attendaient. La plupart, selon elle, n'avaient aucune raison d'être là. Elle se demanda combien parmi eux avaient subi comme elle une « intervention majeure ». Ils étaient presque tous jeunes, on aurait dit qu'ils venaient de sortir de leur travail, et il semblait qu'ils n'avaient rien. Tout ce qu'ils voulaient était un certificat. « Le docteur perd son temps avec eux », pensa-t-elle. « Rien d'étonnant à ce que que la Sécurité sociale ait tant de problèmes financiers. »

Elle était encore à s'indigner quand on appela son nom. S'il s'était agi de la jeune doctoresse ou du médecin asiatique à la voix doucereuse qui était derrière le bureau, elle aurait continué à fulminer. Ce n'était ni l'une ni l'autre, il s'agissait de celui qu'elle appelait « mon docteur », un homme d'âge mûr au visage bon et anxieux. C'était le docteur qui l'avait envoyée à l'hôpital tout au début, celui qui avait vu cette masse sur son sein.

– Eh bien, Miss Ivory?... ses mains feuilletaient une liasse de papiers. Où en êtes-vous? (« Mastectomie », pensa-t-il. Étrange, difficile; diagnostic aisé mais patiente très spéciale.) Comment ça va?

Marcia n'eut pas besoin d'être encouragée davantage pour se mettre à lui parler. Ce qu'elle dit n'était pas tout à fait cohérent ni même à propos, mais le docteur eut l'impression très nette que tout n'allait pas pour le mieux. Elle se plaignit de l'assistante sociale, de ses voisins qui voulaient tondre son gazon, elle n'arrivait pas à situer la tombe de son chat mort et elle pensait que « quelqu'un » avait pu la déplacer, elle avait du mal à tenir le compte de ses bouteilles de lait, un homme avec qui elle avait travaillé était venu l'espionner, on avait fermé la succursale de Saintsbury près de son ancien bureau. Elle déversa tout cela pêle-mêle comme une énorme plainte. Le docteur était habitué aux malades qui se comportaient ainsi, et il n'écouta donc qu'à moitié tout en l'examinant, en lui prenant la tension et en se demandant ce qu'il pourrait faire pour elle. Elle lui dit qu'elle devait bientôt subir un nouveau contrôle à l'hôpital, cela le déchargeait donc plutôt. L'équipe de Mr Strong aurait bien quelque chose à proposer. En attendant, il lui conseilla vivement de s'occuper d'elle-même et de manger davantage – elle était beaucoup trop maigre.

– Oh, je n'ai jamais eu un gros appétit, déclara Marcia avec sa fierté habituelle. Mais n'allez pas me dire qu'on ne mange pas bien chez moi. Je voudrais que vous voyiez mon placard à provisions.

– Je suis sûr que vous êtes une maîtresse de maison admirable, convint le docteur avec diplomatie, mais il faut me promettre que vous allez rentrer chez vous et vous faire un vrai repas. Pas seulement une tasse de thé et un morceau de pain et de beurre, Miss Ivory. Je ne sais pas ce que va dire M. Strong quand il vous verra si maigre.

La mention du nom de Mr Strong produisit l'effet désiré et Marcia assura le docteur qu'elle allait rentrer immédiatement et se préparer quelque chose. Pendant tout le trajet elle pensa à Mr Strong, se demandant ce que le chirurgien avait le plus de chance de manger ce soir – du steak, peut-être, ou un beau morceau de poisson, du saumon ou du flétan, avec des légumes frais de son jardin. Elle était sûre qu'il y avait des légumes dans ce jardin, bien qu'elle n'eût pas réussi à voir ce qui se trouvait derrière la maison quand elle y était allée, cette année. Il était peut-être possible d'apercevoir des haricots et des laitues, des choux et des brocolis – le temps où Marcia avait jardiné était si loin qu'elle ne savait plus clairement quels légumes étaient de saison. Devait-elle prendre le bus maintenant et y aller se rendre compte? Peut-être y avait-il une entrée latérale à sa maison qui lui permettrait de voir le jardin derrière...

Il commençait à faire nuit, et pendant qu'elle hésitait un bus s'arrêta, illuminé comme quelque noble galion, prêt à l'emmener dans une traversée pleine de découvertes. A l'intérieur, brillamment éclairé, des femmes qui rentraient de leurs courses du jeudi soir (en nocturne) dans le West End étaient en train de comparer leurs achats. « De l'argent gaspillé », pensa Marcia, en choisissant un siège vide à l'avant et en restant à l'écart des femmes qui bavardaient.

Quand elle arriva à l'arrêt où elle devait descendre pour se rendre chez Mr Strong, elle constata que, même si elle arrivait à voir le potager, il faisait maintenant trop nuit pour discerner ce qui y poussait, et de toute manière, elle avait oublié la raison pour laquelle elle avait voulu le savoir au départ. Et peut-être qu'il n'y avait pas de jardin potager, simplement une pelouse avec une bordure de plantes herbacées ou même un court de tennis. Mais cela n'avait pas d'importance, pensa-t-elle, en s'approchant de la maison, car elle voyait maintenant que, comme le bus, celle-ci était brillamment éclairée. Elle ressemblait à un grand paquebot au milieu de l'océan plutôt qu'à un galion – ce que Marcia pensait que le *Queen Mary* avait pu être –, et des gens élégamment vêtus descendaient de voiture pour s'engager dans l'allée. De toute évidence, les Strong recevaient.

Marcia se posta sur le trottoir d'en face, choisissant d'instinct un coin sombre sous un arbre, à l'écart du réverbère. Était-ce un dîner ou bien une soirée? Elle ne se sentait pas capable de deviner quel genre de soirée, car elle n'arrivait à imaginer que du « vin et du fromage », ce qui semblait tout à fait indigne de Mr Strong.

Quand elle était à l'hôpital, on se posait naturellement des questions dans le service sur les divers médecins quand ils venaient faire leur visite, sur ce que pouvaient être leurs femmes et leurs familles. Certains d'entre eux, bien sûr, avaient épousé des médecins comme eux, ou des infirmières, des femmes qu'ils avaient rencontrées au cours de leur carrière, mais on avait toujours dit que Mr Strong s'était distingué. Le bruit courait qu'il avait épousé la fille d'un « diplomate » qui avait une maison à Belgrave Square. Marcia ne l'avait jamais vraiment cru, ne voulant pas s'interroger plus que de raison sur la femme de Mr Strong, mais maintenant, en contemplant le flot d'invités, elle était prête à croire qu'il y avait peut-être du vrai dans tout cela. Dans une sorte de rêve, elle resta à regarder, jusqu'à ce que l'arrivée des voitures s'interrompît et qu'il semblât qu'il n'en viendrait plus.

Puis tout à coup elle se trouva en train de penser à Norman et à la manière dont elle l'avait vu, debout sur le trottoir en face de chez elle, quand elle rangeait les bouteilles de lait dans sa remise. Elle avait été contrariée qu'il fût là, contrariée par ce qui lui semblait être une intrusion déplacée dans ses affaires. Était-il possible que sa présence devant la maison de Mr Strong soit perçue de la même façon?

Elle leva les yeux vers la maison et traversa ensuite la rue, si bien qu'elle pouvait entendre des voix et des rires qui venaient d'une pièce du rez-de-chaussée. Puis elle s'éloigna lentement, dans la direction de l'arrêt de bus. Par chance, son autobus arrivait justement, et elle dut courir pour l'attraper.

Cet effort fut presque trop pour elle, et elle s'effondra sur le siège le plus proche, incapable un instant de rassembler ses esprits pour demander un ticket. Mais au bout d'un moment elle se ressaisit : c'était en partie un réflexe d'autodéfense et un mouvement de colère, car elle avait entendu la voix de la contrôleuse lui dire :

– Ça va, ma petite dame?

– Bien sûr que ça va, répliqua-t-elle avec raideur.

Mais de retour chez elle, elle comprit que le fait d'être allée chez le docteur et ensuite jusqu'à la maison de Mr Strong l'avait fatiguée plus que d'habitude. Oui, c'était bien normal... elle se surprit à penser au genre de chose que Norman disait. « Ça vous pompe » était une de ses expressions favorites.

Assise à la table de la cuisine, elle se rappela qu'elle avait promis au docteur qu'en rentrant chez elle, elle se ferait un bon repas, mais la pensée d'avoir à cuisiner lui était trop pénible. Les personnes âgées n'avaient pas besoin de beaucoup manger de toute façon – le docteur devait certainement le comprendre? Une tasse de thé, oui; ça stimulait, et maintenant qu'elle avait découvert le thé en sachets, c'était tellement plus simple. Au supermarché, elle avait acheté un paquet de cent quarante-quatre sachets qui, d'après ses calculs, devait lui durer environ sept semaines moins un jour. Mais elle serait à l'hôpital bien avant; la carte qui indiquait la date de son rendez-vous en consultation externe chez Mr Strong était sur la tablette de la cheminée. Certes, elle n'avait pas besoin qu'on le lui rappelât, surtout après ce qu'elle venait de voir.

Cette pensée l'incita à aller jusqu'à son placard chercher une boîte de conserve convenable. Il restait encore des pilchards de la réserve de Snowy, mais peut-être était-il préférable de choisir de la mortadelle? La boîte avait une petite clef, mais à peine Marcia eut-elle commencé à l'ouvrir que la languette de métal se cassa, et elle n'eut pas la force de la manœuvrer davantage. Elle abandonna donc la boîte à moitié ouverte sur l'égouttoir et se contenta de quelques sablés, ce qui d'ailleurs lui suffisait amplement.

– Vous n'êtes pas entré alors, vous ne vous êtes pas montré?, demanda Edwin à Norman.

– Pour qui me prenez-vous? Vous imaginez à quel genre de réception j'aurais eu droit! Elle était debout près de la remise avec un tas de bouteilles de lait dans les bras, et elle a certainement dû me voir.

– Oui, et la connaissant, j'imagine volontiers que vous n'ayez pas voulu l'importuner, admit Edwin.

– L'importuner! Norman eut son petit rire amer, curieuse façon de présenter les choses. J'ai rencontré l'assistante sociale et elle a cru que je me rancardais sur la bicoque.

– Oh! elle a raison de se méfier, on est toujours à la merci de ce genre de choses de nos jours, remarqua Edwin. J'irai y faire un tour un soir pour voir si je peux lui être utile à quelque chose.

Mais naturellement, Edwin ne savait pas vraiment ce que ce serait, si tant est qu'il y eût quelque service à rendre. L'idée de trouver quoi que ce fût à « faire » pour Marcia était si inconcevable qu'il ne l'avait dit que pour soulager sa conscience. Après tout, lui et Norman avaient travaillé avec elle, et de l'extérieur, il pouvait sembler qu'ils étaient tout à fait le genre de personnes en situation de l'aider, ou du moins de lui proposer de l'aide, de « faire preuve de bonne volonté », pour parler comme Norman. Ce jour-là étant la Fête-Dieu, Edwin assisterait à un office à son église le soir, avec une procession en plein air, qui commencerait à huit heures et durerait probablement au moins une heure. Ensuite, il irait au pub avec le Père G., et il n'aurait donc pas le temps d'aller voir Marcia. Ce serait sans doute plus facile pendant le week-end, le samedi après-midi ou le dimanche avant les vêpres. Et il n'aurait pas alors à rester trop longtemps.

– Bien sûr, je ne vais pas souvent par là-bas, précisa Norman. C'est pas tellement mon quartier, Clapham.

– Vous habitez plus près de chez Letty, en fait, observa Edwin.

– Et alors! Vous n'êtes tout de même pas en train de me dire que je devrais aller la voir?

Allez savoir pourquoi, cette idée les fit tous les deux éclater de rire, si bien que ce qui avait commencé par être un effort sérieux pour résoudre un problème social tourna en une sorte de plaisanterie. Mais il n'y avait pas de raison, comme le dit Norman, pour se tordre de rire à ce sujet. Ce n'était pas si drôle que cela. C'était une réaction nerveuse peut-être, mais pourquoi nerveuse? se demandait Norman. Quelque chose dans leur subconscient, suggéra Edwin, ce qui les fit rire de plus belle, l'idée que Letty et Marcia aient une quelconque place dans leur subconscient. Ce n'était pas un domaine dont ils avaient l'habitude de discuter, ni même auquel ils pensaient souvent.

# XVIII

– Miss Ivory, vous ne répondez pas?

Debout sur le pas de la porte, Janice se demandait si quelqu'un d'autre qu'elle était allé voir Marcia pendant les deux semaines qu'elle avait passées en Grèce. Cela semblait peu vraisemblable, car ce n'était pas comme si Marcia avait été infirme ou incapable de se débrouiller, même si elle était un peu excentrique. Et de toute manière, c'était sa « cliente » à elle, si on pouvait employer ce terme.

Il y avait un beau déploiement de fleurs de fin d'été dans les jardins le long de la rue – des dahlias et des asters, les premiers chrysanthèmes et une deuxième floraison de roses, et même dans le jardin de Marcia on apercevait de grandes marguerites jaunes qui formaient un bouquet autour de ce que Nigel et Priscilla appelaient la remise aux bouteilles de lait. Ils n'en avaient jamais vu l'intérieur, mais ils avaient souvent vu Marcia entrer et sortir avec ses bouteilles. Il fallait être un peu toqué pour s'occuper de la sorte, mais c'était plutôt inoffensif – tout à fait le genre de chose que l'on imaginait Marcia en train de faire, mais pas plus condamnable que les collections de boîtes d'allumettes ou les images des tablettes de chocolat pour d'autres.

On *devait* respecter les gens en tant que personnes – si la fréquentation de Marcia avait appris quelque chose à Janice, c'était bien cela. Malgré tout, elle pensait qu'il fallait vraiment essayer de convaincre Marcia de partir en vacances. Pas en Grèce, évidemment, ni même dans n'importe quel endroit « à l'étranger » – on pouvait difficilement imaginer Marcia dans une auberge, à manger du poulpe ou autre chose qu'un steak-frites – mais quelques jours à Bournemouth ou un voyage en autocar dans les Cotswolds seraient l'idéal pour la mettre en forme avant l'hiver.

– Miss Ivory!

Janice sonna de nouveau et cogna à la porte. Il était très improbable qu'il n'y eût personne, mais c'était bien possible après tout. Devait-elle essayer de savoir si la porte était ouverte? C'est ce qu'elle fit, et elle la trouva fermée à clef. Peut-être que si elle passait par derrière elle pourrait entrer dans la maison, quoique si Marcia était sortie, elle aurait sûrement fermé aussi la porte de derrière. Si seulement Nigel et Priscilla étaient ici, Janice pourrait le leur demander, mais elle savait qu'ils étaient en Sardaigne, allongés sur une quelconque plage, à des lieues de penser à leur petite maison à la mode, dans ce quartier plein d'avenir près du parc, et à leur bizarre voisine. On oubliait complètement ce genre de chose lorsqu'on était en vacances, c'était certain, pensa Janice, non sans amertume.

Ce fut alors qu'elle remarqua plusieurs bouteilles de lait, non pas sur l'escalier de la porte d'entrée, mais dans un petit casier en bois sur le côté; c'était sans doute là qu'on lui laissait le lait quand elle allait travailler, à l'abri du soleil et des voleurs. Janice en fut alarmée et elle refit le tour de la maison en toute hâte – peut-être Marcia était-elle couchée, malade, incapable ne serait-ce que de descendre l'escalier pour aller rentrer son lait. Si Janice parvenait à passer par la porte de derrière, elle pourrait l'appeler, et si Marcia était au lit, elle lui répondrait. Ou peut-être était-elle tombée et se trouvait-elle dans l'incapacité de bouger, ou d'aller jusqu'au téléphone? Est-ce que Marcia avait le téléphone? Sans doute que non. Ses voisins partis, elle risquait de demeurer à terre pendant des heures, sans recours... Janice connaissait en théorie toutes les situations qui pouvaient se présenter, mais quand elle approcha son visage du panneau vitré de la porte de derrière, elle n'était pas prête à voir Marcia assise à la table, plongée dans l'inconscience, peut-être même dans la mort.

Janice remarqua la tasse de thé et la boîte de biscuits (Assortiment Familial) sur la table, alors qu'elle frappait faiblement à la porte.

– Miss Ivory, appela-t-elle, avec quelque appréhension, sans vraiment attendre ou souhaiter de réponse.

Puis elle essaya la poignée de la porte. Elle s'ouvrit, et Janice se rendit compte qu'il était tout à fait possible d'entrer.

– Le problème, c'est qu'elle n'est pas de ma paroisse, dit le Père G. avec un rien d'impatience. Vous savez bien ce que sont les limites d'une paroisse – une rue en fait partie, la suivante non.

– Je sais, répondit Edwin. J'allais juste me promener dans ce coin-là, et j'ai pensé que peut-être vous aimeriez venir aussi – après tout, c'est une belle soirée pour marcher un peu. C'est une drôle de femme, comme je vous l'ai dit, il se peut même qu'on ne vous propose pas d'entrer.

– Qui est mon voisin? s'interrogea le Père G. d'un ton songeur, alors que lui et Edwin arrivaient dans la rue où habitait Marcia. Certes, on a assez souvent fait des sermons sur ce texte? C'est peut-être là que nous faisons fausse route – oui, à l'évidence – quand j'ai réagi à votre proposition, en disant que la personne en question n'était pas de ma paroisse.

– Il faut bien qu'elle habite dans la paroisse de quelqu'un, fit remarquer Edwin.

– Certainement, reconnut aussitôt le Père G., et il nomma un curé du quartier bien connu. Mais je ne crois pas qu'il pratique beaucoup les visites à domicile. Tony-dernier-cri, ajouta-t-il, ne pouvant pas résister à ce commentaire peu charitable. Le rock'n roll et les prières improvisées.

– Naturellement, il y a une assistante sociale qui va la voir régulièrement, qui veille sur elle, comme on dit, mais quand je l'ai vue il y a quelque temps cette année – nous avons tous déjeuné ensemble, vous savez – j'ai pensé qu'il fallait peut-être que je fasse quelque chose à son sujet, que je fasse un petit effort.

– Et cette autre femme dont vous me parliez, il y en avait une autre qui travaillait avec vous, n'est-ce pas? J'aurais cru... suggéra le Père G., laissant planer l'idée reposante selon laquelle beaucoup de choses peuvent être laissées aux femmes.

– Oui, sans doute que vous auriez cru..., Edwin sourit. Mais c'est que vous ne connaissez pas Marcia, Miss Ivory. Mais si on y réfléchit, qui la connaît, en fait?

– Qui connaît qui? dit le Père G., n'aidant pas beaucoup à résoudre le problème de Marcia.

– Eh bien, c'est ici, je crois – la maison où elle habite. Vous voyez à quel point elle est différente des autres, et ça en dit long.

Le Père G. était habitué à voir des maisons minables, mais il dut convenir du contraste entre la maison de Marcia et les autres maisons de la rue.

– Vous devriez aller jusqu'à la porte, lui conseilla-t-il. Vous la connaissez, et si c'est une femme peu commode, le fait de me voir risquerait de l'indisposer. Elle pourrait refuser d'ouvrir.

Janice, qui arrivait par le côté de la maison, fut plus encouragée qu'indisposée à la vue du Père G., dans son habit de prêtre, debout derrière Edwin. Bien qu'elle n'eût cure de l'Église d'Angleterre, ou de toute religion constituée, et n'éprouvât qu'une tiède vénération superstitieuse pour ceux qu'elle appelait les « Catholiques », elle était obligée de convenir que l'Église avait parfois du bon. Le fait que cet inconnu à l'air respectable – car c'est ainsi que lui apparut Edwin – fût accompagné d'un ecclésiastique était rassurant. Ils sauraient certainement quelle était la meilleure chose à faire.

– Si c'est Miss Ivory que vous venez voir, dit-elle, je crains que quelque chose ne lui soit arrivé. Elle a l'air malade, ou... (Elle n'osait pas dire « morte ».) Elle est assise à la table de la cuisine, elle ne bouge pas – je l'ai vue par la fenêtre. J'allais juste chercher de l'aide...

Il se trouvait que Janice n'aurait pas pu rencontrer à ce moment deux personnes mieux désignées pour l'assister. Edwin était rentré chez lui un soir il y avait quelques années pour trouver sa femme Phyllis inconsciente dans la cuisine, alors qu'elle s'apprêtait à mettre au four un hachis Parmentier. Le Père G. était souvent obligé d'entrer dans des maisons où les gens étaient sur le point de mourir ou bien déjà morts; en vérité, il préférait ce type de situation aux visites paroissiales normales, avec leurs conversations embarrassées et les inévitables tasses de thé accompagnées de biscuits sucrés. Les deux hommes étaient en état de prendre les choses en main.

Le plus important était que Marcia n'était *pas* morte. Elle souriait même faiblement à Janice qui était occupée à lui faire une valise de choses convenables pour l'hôpital, alors qu'ils attendaient l'ambulance.

– C'était incroyable, raconta plus tard Janice. Quand je suis allée prendre ses affaires, il y avait un tiroir plein de chemises de nuit Marks and Sparks toutes neuves, – pas du tout ce qu'on aurait imaginé, à en juger par le reste de ses habits. Toutes absolument neuves, jamais portées – elle devait les garder pour une circonstance précise.

Après le départ de Marcia et Janice dans l'ambulance, les deux hommes se retrouvèrent seuls dans la maison. Ils avaient tous passé un moment dans la cuisine, où Janice avait préparé du thé. Edwin se sentait gêné, maintenant qu'on avait emmené Marcia, comme s'il n'avait pas le droit d'être assis chez elle alors qu'il n'y était jamais venu avant.

– Il se crée des relations bizarres quand on travaille avec ce genre de femme, constata-t-il. L'intimité étrange du bureau ne se retrouve décidément pas ailleurs, – on ne se permettrait pas... Il repensait à la façon dont lui et Norman s'étaient mis à rire quand ils avaient évoqué une éventuelle visite de Norman à Letty ou toute autre forme de contact social entre eux quatre. Aller voir Marcia avait toujours paru être une perspective terrifiante, qu'on osait à peine envisager.

– Vous n'avez jamais pensé à venir la voir, vous qui habitez si près, juste de l'autre côté du parc?

Le ton du Père G. contenait plus de curiosité que de reproche.

– J'y ai pensé – une ou deux fois j'ai failli me décider, mais je ne l'ai jamais fait.

Le Père G. finit son thé et se leva, sa tasse à la main.

– Pensez-vous que nous devrions...?

– Faire la vaisselle? Oh, je crois que Mrs Brabner, l'assistante sociale, s'en chargera. Mieux vaut rester en dehors de tout ça.

Les hommes quittèrent donc la maison, n'oubliant pas de fermer à clef derrière eux. Ni l'un ni l'autre n'avait fait de remarque sur l'état de la cuisine et de l'entrée, sur la poussière et les autres signes d'une négligence de longue date. Le Père G. ne remarquait sincèrement pas ce genre de chose et Edwin, qui avait l'impression générale que tout n'était pas exactement comme il l'aurait fallu, conservait encore dans ce cas précis ce même détachement qu'il éprouvait pour d'autres aspects de la vie de Marcia. Ce qu'il emporta avec lui, en fait, fut un détail incongru, la vue d'une boîte de mortadelle à demi ouverte qui était restée sur l'égouttoir. Il avait toujours été étonné de l'inefficacité des femmes quand il s'agissait d'ouvrir une boîte parfaitement ordinaire.

Tout naturellement, ils éprouvèrent tous deux le besoin d'un remontant, d'une boisson revigorante, quand ils se trouvèrent assez loin de la maison de Marcia. Ils avaient vécu inopinément une expérience bouleversante. Edwin était bien loin d'avoir imaginé qu'une promenade anodine dans le parc en direction de chez Marcia pouvait avoir une telle issue. Pourtant, quelle en avait été l'issue? On avait trouvé Marcia dans un état de profonde misère mais elle avait été transportée à l'hôpital en ambulance, et elle y recevrait les meilleurs soins possibles. Personne ne pouvait rien faire d'autre. Malgré tout, le besoin de boire quelque chose dominait ses pensées, et puis le besoin de dîner – les événements de cette dernière heure avaient retardé son repas du soir, et il était bien connu qu'une émotion forte avait des conséquences inattendues, et pas forcément les plus convenables ou les plus souhaitables? Il ressentait un creux à l'estomac et il se souvint qu'il n'avait pas mangé depuis midi.

– Vous restez dîner, à la fortune du pot? proposa-t-il au Père G., sachant qu'il n'y aurait pas grand-chose au presbytère.

Lui, au moins, avait les restes d'un ragoût dans son garde-manger.

– C'est fort gentil à vous. J'avoue que j'ai assez faim.

Edwin servit du sherry. Leur émotion était-elle de celles qui justifient l'usage du cognac? Il se posait la question. En gros, il ne le pensait pas, car il n'était pas concerné personnellement. Malgré tout, il fallait prendre contact avec Letty, qui voudrait certainement aller voir Marcia à l'hôpital. Mais en y réfléchissant, il se dit qu'ils devraient tous le faire; se grouper tous les trois autour de son lit. De nouveau, il se surprit à avoir envie de sourire, de rire presque, et si Norman avait été avec lui à ce moment au lieu du Père G., il sentait que ce sourire aurait de façon très regrettable viré au rire. C'était déconcertant ce qui se passait là chaque fois qu'il était question des deux femmes, il semblait que les choses tournaient inévitablement à la plaisanterie. Mais avec le Père G. c'était différent. Au cœur même de la vie, il ne cessait jamais d'être dans la mort...

– Pensez-vous que je devrais aller la voir à l'hôpital? demanda le prêtre. Ce serait facile – l'aumônier est un vieil ami. Comme je l'ai vue, trouvée pour ainsi dire, elle pourrait fort bien avoir le sentiment...

– Je ne sais pas ce que Marcia pourrait éprouver. Mais je suis sûr qu'elle aimerait bien avoir une visite, dit Edwin avec hésitation, car il n'en était pas sûr du tout.

Comment pouvait-on être sûr de quoi que ce soit concernant Marcia?

Le lendemain matin, Edwin dut annoncer la nouvelle à Norman.

– A mon avis, une maison de fous aurait été plus indiquée qu'un hôpital, déclara Norman, avec une brutalité qui cachait peut-être quelque obscure émotion. Qu'est-ce qu'on attend de nous – envoyer des fleurs par Interflora – faire une collecte au bureau?

Il se tenait près de la fenêtre et se secouait comme un petit chien hargneux qui sort de l'eau.

– J'achèterai des fleurs et je les apporterai – l'hôpital n'est pas loin de chez moi, dit Edwin d'un ton apaisant. Et je prendrai contact avec Letty.

Norman fouilla dans la poche de son pantalon et en sortit une pièce de cinquante pence.

– Vous devriez dire qu'elles sont de la part de nous tous, les fleurs. Voici ma participation.

– Merci. Je ne demanderai pas à la voir. Je laisserai juste les fleurs, expliqua Edwin.

Il fut soulagé que le caractère gênant de la situation dans son ensemble ne les eût pas fait éclater de rire, comme il l'avait craint. Peut-être y avait-il des choses, l'hôpital tout particulièrement, qui étaient encore sacrées.

– Je ne tiens pas à aller la voir, dit Norman. Je suis allé à l'hôpital quand mon beau-frère Ken y était, mais dans ce cas il n'avait personne, et comme j'étais le seul parent et tout ça, je m'y suis senti obligé.

Edwin était sur le point de dire qu'un beau-frère

n'était pas un parent à proprement parler, mais il jugea préférable d'abandonner le sujet. S'ils se mettaient à parler des gens qui n'avaient personne, ils se rappelleraient peut-être que Marcia aussi entrait dans cette catégorie.

Dans la maison de Mrs Pope, le téléphone sonna au moment précis où elle et Letty s'installaient pour regarder la télévision. Cela leur arrivait assez fréquemment maintenant; elles avaient commencé quand Mrs Pope avait proposé à Letty, si elle en avait envie, de venir voir les informations ou les émissions culturelles ou scientifiques, et maintenant il était rare que Letty restât un soir sans descendre voir ce qui se passait sur le petit écran, que ce fût ou non digne d'intérêt.

– Oh, zut, qui cela peut-il bien être? grommela Mrs Pope, se dirigeant vers le vestibule. C'est pour vous, dit-elle à Letty d'un ton accusateur. Les gens ne devraient pas téléphoner à une heure pareille.

Letty alla au téléphone d'un air coupable. Il fallait reconnaître qu'il n'y avait pas vraiment d'heure convenable pour appeler les gens le soir, maintenant qu'on avait inventé la télévision, car avec les trois programmes que l'on avait à sa disposition, il y en avait forcément un qu'on regardait. Même les plus mauvais avaient leurs adeptes; et puis, qui était qualifié pour dire quelles émissions étaient les plus mauvaises, celles qu'il était « impensable » d'avoir envie de voir?

Quand Letty retourna dans la pièce, Mrs Pope leva les yeux d'un air d'attente. Letty ne recevait pas beaucoup de coups de téléphone et elle ne semblait jamais en donner.

– C'était une voix d'homme, dit la propriétaire pour encourager la confidence. Alors je savais que ça ne pouvait pas être votre amie de la campagne.

– Non, c'était Edwin Braithwaite.

– Oh, Mr Braithwaite! Mrs Pope attendait que Letty continuât.

– Il téléphonait pour me dire que Marcia Ivory qui travaillait avec nous au bureau avait été transportée à l'hôpital.

– Transportée à l'hôpital!

Cela éveilla immédiatement l'intérêt de Mrs Pope, et Letty dut répéter ce qu'Edwin lui avait dit du malaise de Marcia, et du fait qu'on avait dû appeler une ambulance. Cela entraîna un interrogatoire plus approfondi de la part de Mrs Pope, si bien que pour finir Letty dut faire le récit de l'opération de Marcia et fournir tous les détails qu'elle connaissait.

– Mais comment Mr Braithwaite l'a-t-il su? demanda Mrs Pope.

– Apparemment il l'a trouvée, il l'a découverte inanimée dans sa cuisine.

– Cela ne ressemble pas à Mr Braithwaite, objecta Mrs Pope.

– Je crois qu'il y avait un ecclésiastique avec lui – peut-être le prêtre qui faisait une visite?

– Oui, je suppose que c'est possible. Mais ne croyez-vous pas plutôt que lui et cette dame étaient amis, en fait, après avoir travaillé ensemble, et ils habitaient si près...

Letty ne trouva rien à répondre. Imaginer une relation entre Edwin et Marcia, c'était vraiment aller trop loin. Il faudrait que vous la voyiez, faillit-elle dire, mais un élan de générosité la retint. On ne faisait pas ce genre de remarque sur quelqu'un qui se trouvait à l'hôpital dans un état critique. Et la vie était à bien des égards si bizarre que, pour autant que Letty le sût, il était bien possible qu'il y eût en vérité quelque chose entre Edwin et Marcia. Une femme mariée – et elle ne devait pas oublier que Mrs Pope l'était – pouvait certes être capable de détecter dans une relation de subtiles nuances de sens qui passeraient inaperçues pour une Letty sans expérience. Car bien entendu, il y avait eu Mr Pope, qui n'était pas autre chose pour Letty qu'une photographie dans le salon de Mrs Pope, et ce n'était pas son rôle que de chercher à savoir ce que cachait le visage patient dans le cadre d'argent. En outre l'écran de télévision réclamait à présent toute leur attention.

Par coïncidence, la scène où elles furent transportées se passait dans un hôpital; ce n'était pas le lieu d'une histoire romantique mais la toile de fond d'une émission médicale. Une opération était en cours, avec des commentaires et des images instructives.

– C'est incroyable, ce qu'on arrive à faire aujourd'hui, constata Mrs Pope d'un ton de satisfaction. Mais naturellement, ce n'est pas ce qui va se passer pour votre amie.

– Oh, non... s'excusa Letty. Je pense qu'elle va juste rester couchée.

– Si nous avions la couleur, poursuivit Mrs Pope, nous pourrions voir *exactement* ce que fait le chirurgien. Il y aurait du *vrai* sang, pas du ketchup, comme je crois savoir qu'on en utilise dans tous ces films violents.

– Je ne crois pas que j'aimerais voir ça, aussi crûment, dit Letty, se détournant du gros plan en noir et blanc d'un cœur qui palpitait, et se concentrant sur sa tapisserie.

– C'est notre devoir de voir ces choses, que ça nous plaise ou non, déclara Mrs Pope, car elle avait remarqué que Letty ne fixait plus l'écran. Ça ne sert à rien de fermer les yeux.

Letty voulut protester – elles auraient tout aussi bien pu regarder un western sur l'autre chaîne, mais elles n'étaient pas *obligées* de voir ça non plus.

– Est-ce que Mr Braithwaite a la couleur? demanda Mrs Pope.

Letty dut avouer qu'elle l'ignorait. Elle ne savait même pas si Edwin avait la télévision. Il n'en avait jamais parlé, de la même façon qu'il n'avait jamais rien dit qui pût laisser supposer qu'il éprouvait quelque chose pour Marcia. Si quelqu'un éprouvait quelque chose pour elle, c'était Norman, pensa-t-elle, pleine de confusion.

# XIX

Marcia avait toujours été sensible au caractère dramatique de l'apparition d'une ambulance et elle avait même eu envie de se trouver à l'intérieur, mais, le moment venu, elle n'était pas tout à fait en état de se rendre compte qu'elle réalisait enfin cette ambition peu commune.

« Inaccessible à l'intérieur d'une pièce », elle l'était sans doute, mais rien ne permettait de penser que cette petite pièce pût devenir son univers, comme l'imaginait un poète d'autrefois. Il ne subsistait plus dans l'esprit de Marcia aucun fragment de poésie très ancienne alors qu'elle était étendue sous une couverture rouge. Elle avait eu conscience que des gens étaient entrés chez elle pendant qu'elle était assise à la table de la cuisine, elle avait eu l'impression d'entendre la voix d'Edwin et s'était imaginée de retour au bureau, mais où était Norman? Elle savait aussi confusément que Janice Brabner s'affairait autour d'elle, apparemment un peu affolée. Marcia essaya de lui dire qu'elle avait une demi-douzaine de chemises de nuit neuves, jamais portées, rangées dans un tiroir au premier étage, et de lui expliquer également que la carte sur la tablette de la cheminée indiquait la date de son prochain rendez-vous en consultation externe, mais elle se trouva incapable de parler. Lorsqu'elle essaya, les mots ne vinrent pas. Puis elle entendit Janice se lancer dans une de ses tirades stupides sur les chemises de nuit, « toutes absolument neuves et jamais portées » et ce fut à ce moment-là qu'elle sourit. Bien sûr qu'elles étaient neuves, choisies spécialement pour cette occasion. Elle avait déjà pris ses distances vis-à-vis de Janice, et bientôt elle serait hors d'atteinte de toutes les assistantes sociales qui essayaient de lui faire faire des choses qu'elle n'avait pas envie de faire, comme aller au « Centre », acheter des légumes frais, ou prendre des vacances.

Sa seule déception fut qu'il n'y eût pas de sirène à cette ambulance, cet excitant vacarme qu'elle avait parfois entendu entre midi et deux heures quand il y avait eu un accident quelque part près du bureau. Tout fut très calme et efficace, la manière dont les ambulanciers la soulevèrent et l'allongèrent et l'appelèrent « ma petite dame », et dirent qu'elle ne pesait pas bien lourd. Mais quand elle se retrouva à l'hôpital, il lui sembla qu'il y avait un groupe de jeunes docteurs autour de son lit, ils avaient donc dû penser qu'elle était quelqu'un d'important. Marcia n'en reconnut aucun de la fois précédente, « des internes », supposa-t-elle, qui faisaient leurs six mois dans le service, et peut-être que l'un d'eux était l'interne chef. Deux d'entre eux l'examinèrent, mais deux autres, qui sans doute auraient dû être attentifs, étaient apparemment en train de parler d'une soirée où ils devaient aller ou étaient allés, et cela lui parut incorrect. Elle était certaine que Mr Strong n'approuverait pas cette conduite.

Plus tard, cela devait être bien plus tard car elle était maintenant dans un tout autre endroit et les jeunes docteurs étaient partis, elle commença à se demander quand elle allait voir Mr Strong, et ensuite à s'inquiéter pour le cas où elle ne le verrait peut-être pas du tout, mais un autre chirurgien, ou juste un médecin ordinaire. Elle dut prononcer son nom à haute voix, car la jeune infirmière au visage rond qui arrangeait ses oreillers dit :

– Ne vous inquiétez pas, Miss Ivory, Mr Strong passera demain dans la matinée.

– Des fleurs pour vous, Miss Ivory! Eh bien, quelqu'un vous aime! s'écria une voix forte et enjouée qui rappelait assez à Marcia la voix de Janice (mais bien sûr cela ne pouvait pas être Janice). Elles sont belles, vous ne trouvez pas? Des chrysanthèmes, et d'une couleur vraiment peu commune. Je vous lis la carte? Vous voulez sûrement savoir qui vous les envoie. Je vous la lis : « Letty, Norman, et Edwin, avec nos meilleurs vœux et nos souhaits de prompt rétablissement. » N'est-ce pas gentil?

Dans l'esprit de l'infirmière, Letty et Norman étaient des gens mariés qui avaient un petit garçon du nom d'Edwin, nom assez inhabituel que celui-là, aussi peu commun que les chrysanthèmes rose-mauve.

Marcia sourit mais ne fit pas de commentaire, et l'infirmière n'en attendait pas. Sa pauvre malade en était bien incapable. Des souhaits de « prompt rétablissement »!.

La femme du lit d'à-côté regarda Marcia avec intérêt. Cela créait un peu d'animation quand une nouvelle malade arrivait, mais Marcia était juste allongée les yeux fermés, et ce serait peine perdue que d'essayer de bavarder avec elle. C'était bizarre qu'elle eût reçu des fleurs alors qu'elle avait l'air du genre de personne qui n'en recevrait pas; et voici qu'en arrivaient d'autres. L'infirmière lut de nouveau les cartes à haute voix – l'une de « Janice » (un bouquet d'anémones), et l'autre (un choix de fleurs de jardin) de « Priscilla et Nigel » : « nous sommes si désolés d'apprendre que vous êtes malade – rétablissez-vous bien vite. » Eh bien, cela avait peu de chances de se produire, à en juger par son apparence. Quand ils la pesèrent, elle ne faisait que trente-huit kilos.

Il y eut de l'agitation à l'autre bout du service, Mr Strong approchait, entouré de jeunes docteurs, et de la sœur qui poussait un chariot à dossiers.

– Il arrive, chère madame, murmura la voisine de Marcia.

Mais celle-ci resta couchée les yeux fermés, apparemment inconsciente. Malgré tout, elle savait qu'il était plus grand que les autres médecins qui l'accompagnaient et qu'il portait une cravate verte.

– Eh bien, Miss Ivory, nous ne nous attendions pas à vous revoir si tôt.

Il y avait plus de gentillesse que de reproche dans le ton de Mr Strong, mais elle ne put s'empêcher de se demander si elle avait fait quelque chose qui lui avait déplu, car lorsqu'elle ouvrit les yeux, elle vit qu'il la regardait en fronçant un peu les sourcils. Puis il se tourna vers la sœur et dit quelque chose à voix basse.

– Vous avez beaucoup maigri, reprit-il. Est-ce que vous n'avez pas bien pris soin de vous?

Cette fois-ci, il y avait un soupçon de sévérité dans sa voix. Marcia voulut lui confier qu'elle n'avait jamais beaucoup mangé, mais il lui fut impossible d'articuler les mots.

– Ce n'est pas grave; n'essayez pas de parler.

Mr Strong se tourna alors vers l'un des jeunes docteurs.

– Eh bien, Brian, vous avez son dossier, donnez-nous votre diagnostic.

Brian, un jeune homme aux cheveux blonds coupés court, dit quelque chose dans un jargon médical, mais apparemment Mr Strong ne fut pas satisfait car il se tourna vers l'un des autres docteurs pour connaître son opinion. Ce jeune homme était encore plus perplexe que Brian. Il marmonna quelque chose qui signifiait que la maladie était en « phase terminale », euphémisme qui heureusement n'évoquait rien pour Marcia qui n'enregistrait qu'un flot de paroles. Ils discutaient vraiment beaucoup à son sujet.

– Vous parlez de moi, dit-elle, presque dans un souffle.

– Oui, c'est vrai que vous êtes le centre du monde aujourd'hui.

Mais Mr Strong prononça ces paroles avec beaucoup de gentillesse, sans méchanceté ni sarcasme, comme Norman aurait pu le faire.

– S'ils ont dit « visites interdites », on peut difficilement s'imposer, fit remarquer Norman, alors que lui et Edwin étaient assis dans le bureau, finissant leur déjeuner.

Comme il était à court de jellybabies Edwin sortit un paquet de bonbons assortis au réglisse et Norman en choisit un brun et noir.

– Je pense toujours à elle à l'heure du café, continua-t-il, quand elle me préparait le mien.

– Elle en faisait aussi pour elle, pas seulement pour vous, rectifia Edwin.

– C'est ça, gâchez-moi mes souvenirs sentimentaux, lança Norman avec désinvolture. Pauvre vieille – n'avoir même pas droit à des visites. Qu'a dit l'infirmière quand vous avez appelé?

– Elle a dit que Miss Ivory avait tout ce qu'il lui fallait, c'est ce qu'ils disent toujours. (Sa femme Phyllis, juste avant sa mort, avait aussi « tout ce qu'il lui fallait », et peut-être que c'était une manière de formuler les choses.) Ils veulent qu'elle ait beaucoup de calme, pas d'excitation.

– Oui, je suppose que nous voir risquerait de l'exciter, conclut Norman.

– Oh, et la sœur a dit que les fleurs lui avaient fait très plaisir – une couleur si peu commune.

– C'est Marcia qui a dit ça?

– Non, je ne crois pas. C'est la sœur qui a pensé ça. Je crois que Marcia elle-même ne parlait pas beaucoup. En tout cas, elle ne parlait pas quand nous l'avons trouvée dans cet état.

– Elle ne parlait pas beaucoup quand elle était ici, observa Norman songeur. Je me demande ce qu'ils vont faire d'elle maintenant.

– La sœur n'a pas dit ce qu'on envisageait, l'opérer ou quoi... répondit Edwin. Je suppose qu'on n'a rien à faire d'autre qu'à attendre de voir ce qui se passe. Je resterai en contact avec l'hôpital. Pour tout dire, c'était un peu délicat. Quand je me suis présenté avec les fleurs, ils m'ont demandé si je savais si elle avait des parents, qui était son plus proche parent.

– Elle a dû donner un nom quand on l'a opérée. Je crois qu'elle a un cousin éloigné quelque part, elle l'a dit un jour.

– Ah bon? Edwin avait l'air un peu gêné. Je crois qu'ils voulaient qu'il y ait quelqu'un sur place, alors j'ai été obligé de donner mon nom, avoua-t-il. J'ai dit que j'étais son plus proche parent.

Le fait de prononcer de tels mots semblait ouvrir des possibilités infinies.

– Je ne voudrais pas être à votre place, riposta

Norman avec brutalité. Dieu sait dans quoi vous êtes allé vous fourrer.

– Oh, je crois qu'il ne s'agira que de garder le contact, rien de plus. J'ai eu le sentiment que c'était la moindre des choses.

– Espérons que ça sera pas la pire des choses, dit Norman d'un ton menaçant.

– Pas de visites? Elle vient d'être opérée, alors? insista Mrs Pope qui voulait savoir.

– Je ne pense pas. C'est seulement ce que la sœur a dit, je crois, répondit Letty.

– Eh bien, nous savons ce que cela signifie, notez bien ce que je vous dis.

Letty s'était rendu compte depuis longtemps qu'il fallait invariablement noter tout ce que disait Mrs Pope.

– J'aimerais aller la voir, avoua-t-elle, mais sans grande conviction, car elle n'avait pas vraiment envie d'aller voir Marcia à l'hôpital, elle pensait seulement qu'elle aurait *dû* en avoir envie.

– Vous ne pourrez pas, décréta Mme Pope.

– Je suppose que non, dans l'état actuel des choses. Il faut que je trouve un petit cadeau à lui envoyer, en plus des fleurs.

Mais quoi? Pensant à Marcia telle qu'elle était lors de leur dernière rencontre, elle hésitait. De l'eau de toilette? Du talc? Une très jolie savonnette? Tout cela était ce que Letty elle-même aurait aimé si elle avait été à l'hôpital, mais Marcia?

– Peut-être un livre, suggéra-t-elle sans conviction.

– Un *livre*? La voix de Mrs Pope vibrait de mépris. Que fera-t-elle d'un livre si elle ne peut même pas recevoir de visites.

– C'est vrai, peut-être qu'elle n'est pas en état de lire, admit Letty.

Est-ce que Marcia avait déjà lu, en fait, l'avait-on déjà vue avec un livre? Ses motivations étaient tout autres quand elle allait à la bibliothèque. Elle était le genre de personne à dire qu'elle n'avait pas le temps de lire – pourtant, n'avait-elle pas, étonnamment, un jour cité un fragment de poésie, quelque souvenir scolaire qui lui était resté en mémoire? Pourquoi pas un livre de poèmes, alors, un livre de poche avec une jolie couverture, quelque chose de classique, bien sûr... Letty joua avec cette idée, mais finalement elle se décida pour une bouteille de lavande, une de ces eaux de toilette dont on pouvait tamponner le front d'un malade qui n'a pas droit à des visites.

– Si elle va aussi mal que je le pense, continua Mrs Pope, elle ne saura même pas si vous lui avez envoyé quelque chose ou non. Et vous êtes retraitée, ne l'oubliez pas.

– Malgré tout, je suis sincèrement convaincue que j'aimerais lui envoyer quelque chose, répliqua Letty, irritée par l'attitude de Mrs Pope. Après tout, nous avons travaillé ensemble pendant toutes ces années.

Deux femmes qui travaillent dans le même bureau, pensa-t-elle, même si elles ne deviennent pas vraiment amies, sont forcément liées d'une manière un peu particulière – par toute cette morne routine, les menues récriminations et les agacements partagés des hommes.

– Je croyais que ça n'avait duré que deux ou trois ans, dit Mrs Pope. Pas si longtemps.

– Oui, mais ça a été une étape importante de notre vie, affirma Letty, tout en se prononçant nettement pour l'eau de lavande.

De la lavande. Mr Strong en détecta le parfum qui dominait les odeurs d'hôpital. Cela lui rappela sa grand-mère, ce n'était pas du tout le genre de parfum que l'on associait à la personne de Miss Ivory, mais pourtant, pourquoi être surpris que celle-ci sentît la lavande? Ce qui était surprenant était qu'il eût remarqué un détail de cet ordre chez une malade; mais le parfum, si prompt à faire surgir les souvenirs, l'avait pris au dépourvu, et pendant un bref instant, lui, chirurgien de cet éminent hôpital universitaire, qui avait de surcroît un cabinet privé lucratif à Harley Street, fut de nouveau un enfant de sept ans.

Quelqu'un s'était occupé d'elle, l'avait pomponnée parce que Mr Strong allait venir. Et il ne fallait pas avoir l'air négligé pour Mr Strong, n'est-ce pas? Son front donnait une impression de fraîcheur, d'humidité. Quelqu'un – Betty ou Letty, que disait-on donc la carte? – lui avait envoyé cette agréable eau de toilette, d'une délicieuse fraîcheur, comme un jardin de campagne. Miss Ivory avait un jardin, non? Avait-elle de la lavande dans son jardin?

Marcia n'avait pas réussi à se rappeler si elle en avait ou pas, elle ne se souvenait que de l'herbe-aux-chats au fond du jardin et du fait qu'elle n'avait pas réussi à retrouver la tombe de Snowy. Quand elle songeait à tout le temps qu'elle avait passé à le regarder alors qu'il se refroidissait, jusqu'à ce que les puces quittent son corps, et maintenant elle ne pouvait pas trouver sa tombe. Nigel, son voisin, aurait bien mieux fait de l'aider à la chercher au lieu de prétendre tondre la pelouse qui n'en avait pas vraiment besoin; Marcia la préférait telle qu'elle était; ça éloignait les gens. Un après-midi, elle ne savait plus exactement quand, elle avait surpris Norman qui traînait dans la rue et l'espionnait. Elle regrettait maintenant de ne pas être allée le mettre au pied du mur, lui demander ce qui lui passait par la tête de commettre un délit d'intention, devant sa maison. Une autre fois, dans les premiers temps où elle travaillait au bureau, elle l'avait suivi un jour à midi jusqu'au British Museum, elle avait monté les marches et continué jusqu'à l'endroit où se trouvent les momies, et elle l'avait vu, assis à regarder les animaux momifiés avec un groupe d'écoliers. Elle était partie, ne sachant que penser... Après cela, elle s'était mise à lui faire son café, car il semblait ridicule qu'ils achètent chacun leur pot alors que le grand modèle familial était tellement meilleur marché...

Mais après? Elle ne savait plus – rien ne semblait avoir eu lieu après cela. Elle balançait la tête nerveusement d'un côté et de l'autre. Il lui sembla voir l'aumônier qui venait vers elle, l'aumônier de l'hôpital, ou bien était-ce le prêtre moderne de l'église du bout de la rue? Ils étaient jeunes tous les deux, avec les cheveux longs. Non, ce n'était ni l'un ni l'autre; c'était l'interne de Mr Strong; son nom était Brian. C'était sympathique cette façon que Mr Strong avait d'appeler tous les jeunes médecins par leur prénom – Brian, Geoffrey, Tom, Martin, et Jennifer, la seule fille parmi eux.

Le jeune docteur se pencha sur Marcia. Sa mine ne lui dit rien de bon – il était vrai qu'elle appartenait au genre de malade qui ne vous disait rien de bon dans le meilleur des cas. Par bonheur, Mr Strong était encore dans les parages et il ne fallut qu'un instant pour le faire revenir. Il avait manifesté beaucoup d'inquiétude au sujet de Miss Ivory et il voudrait être là si quelque chose survenait.

Mr Strong portait toujours cette cravate verte – était-ce la même cravate ou bien aimait-il simplement la couleur verte? Il y avait un petit dessin minutieux dessus. Ses sourcils plutôt touffus se rejoignaient au-dessus de ses yeux gris dans un froncement. Il avait toujours l'air de froncer les sourcils. Marcia avait-elle fait quelque chose de mal? Pas assez mangé, peut-être? Ses yeux semblaient vouloir la transpercer – les yeux perçants du chirurgien, est-ce ainsi que l'on disait? Non, c'était plutôt les mains du chirurgien que les gens remarquaient et dont ils parlaient, comme les mains d'un pianiste quand, lors d'un concert, le public essaie d'être assis de façon à les voir. Mais en un sens, le chirurgien était tout aussi artiste, cette belle cicatrice bien nette... Marcia repensa à ce que disait sa mère, qu'elle ne laisserait jamais le couteau du chirurgien toucher son corps. Comme cela semblait ridicule quand on pensait à Mr Strong... Marcia sourit et le visage de Mr Strong se détendit. Il sembla répondre à son sourire.

L'aumônier, en route pour aller voir Marcia, fut informé qu'il arrivait trop tard. « Miss Ivory est décédée, s'est éteinte... » Les mots résonnaient dans sa tête comme un couplet publicitaire à la télévision, mais il pria pour le repos de son âme et rassembla son courage pour affronter le plus proche parent et le reste de la famille. Pourtant, l'homme qu'il vit en fin de compte ne semblait pas être un parent du tout, juste un « ami » qui comblait cette lacune, en quelque sorte. Quelqu'un qui avait travaillé dans le même bureau. De façon assez surprenante, il déclara que l'on n'avait rien à se reprocher pour n'avoir pas été capable d'empêcher la mort puisque, pour un chrétien, elle était éminemment désirable. Tout ce qui concernait Miss Ivory fut réglé avec calme et efficacité, sans récriminations et certainement sans larmes, et cela fut un grand soulagement.

# XX

– Un reposoir, est-ce ainsi que cela s'appelle? s'enquit Norman. L'endroit où l'on met le défunt, ajouta-t-il avec gaucherie, pas encore tout à fait habitué à penser à Marcia morte.

– Je trouve cela plutôt bien, murmura Letty, cette manière de formuler les choses, cette idée de repos.

Quand sa mère était morte, on avait gardé le corps dans la maison avant les obsèques. Letty se souvenait seulement qu'elle s'était sentie vidée de toute émotion et inquiète de détails pratiques, les parents éloignés qui apparaissaient soudain, et l'organisation de leur repas.

– Eh bien, nous voici tous ensemble aujourd'hui, tout comme autrefois, remarqua Edwin, mais les autres ne firent pas de commentaire, car ce n'était pas tout à fait comme autrefois.

Ils buvaient tous les trois une tasse de café chez Edwin avant le service funèbre au colombarium, pour lequel il avait pris toutes les dispositions nécessaires. La mort de Marcia les avait bien sûr rapprochés, car ils se rappelaient leur association passée et se demandaient peut-être si l'un d'entre eux ne serait pas le prochain à partir, mais sans trop s'alarmer, car ils étaient tous en bonne santé, et ils étaient au courant de l'opération de Marcia et savaient à quoi elle pouvait mener. Le plus important était qu'ils voyaient la maison d'Edwin pour la première fois, n'y ayant jamais été invités auparavant. « La mort en est la cause », pensa Letty, regardant autour d'elle, avec un œil critique de femme, les enveloppes de coussins et les dossiers de chaises brodés à l'ancienne mode – sans doute le travail de Phyllis pendant les longues soirées où Edwin était aux réunions du conseil paroissial. Les réflexions de Norman étaient de nature plus pratique et financière – Edwin avait assez de place pour prendre un locataire ou même deux, et faire rentrer chaque semaine une bonne petite somme; il pourrait s'agir d'un fonctionnaire, et ils partageraient éventuellement la cuisine. Non que pour sa part, il aurait été tenté de vivre dans la même maison qu'Edwin si la question s'était posée, ce qui n'était évidemment pas le cas. Le fait qu'Edwin habitât seul dans cette maison signifiait qu'il n'avait pas besoin de ressources supplémentaires et qu'il ne serait pas à la merci de sa retraite le moment venu.

Le trajet en voiture jusqu'au colombarium dans le sud-est de Londres fut long, et au bout d'un moment, la conversation entre eux trois devint plus aisée.

– Après tout, remarqua Edwin, nous emmenons Marcia avec nous, c'est ainsi qu'il faut voir la situation, et elle ne dirait pas grand-chose de toute façon, alors nous pouvons parler entre nous comme d'habitude.

Cette invitation à parler comme d'habitude sembla les frapper de silence, puis Letty admira des roses qui étaient encore belles dans un jardin qui se trouvait sur leur route.

– Nous étions loin de penser, la fois où nous avons tous déjeuné ensemble..., dit Edwin.

– Pauvre vieille. Elle avait l'air de perdre un peu les pédales ce jour-là, n'est-ce pas? ajouta Norman.

– Je suppose que ça a dû être le commencement de la fin, soupira Letty. Elle n'avait presque rien mangé, juste un peu de salade.

– Oh, elle n'avait jamais beaucoup mangé, affirma Norman, comme s'il était le seul à être dans ce secret. Elle le répétait souvent.

– Quand on vit seul, il n'est pas rare qu'on ne prenne pas la peine de faire des repas, expliqua Edwin, presque comme si la solitude était un état dont aucun d'eux n'avait l'expérience.

– Je veille toujours à prendre un vrai repas chaque jour, déclara Letty.

– Mrs Pope vous laisse vous servir de sa cuisine, bien sûr, dit Edwin. Vous avez vos propres ustensiles?

– J'ai deux ou trois casseroles Téfal et ma propre poêle pour les omelettes, lui confia Letty, escamotant les mots, car elle trouvait que la conversation devenait trop banale maintenant, et elle ne voulait pas entendre parler de la poêle de Norman.

– Oh, moi je cuis tout à la poêle, tout simplement, déclara Norman, comme elle savait qu'il le ferait. Les omelettes et tout le reste. Même si l'on ne peut pas vraiment qualifier d'omelette ce truc que je fabrique avec des œufs.

Le corbillard prenait de la vitesse maintenant. La voiture qui suivait pouvait donc appuyer sur le champignon, pensa Norman. C'était loin d'être idiot, cette façon qu'ils avaient de prendre de la vitesse progressivement. Ça demandait sans doute de la pratique, et les voitures étaient certainement automatiques. Ken le saurait bien sûr, et cela pourrait faire un sujet de conversation la prochaine fois qu'ils se verraient; la conversation n'était pas son fort, sauf quand elle portait sur les automobiles.

– Sommes-nous bientôt arrivés? demanda Letty. Je ne connais pas cette partie de Londres.

– C'est ici que j'ai amené Phyllis, dit Edwin, sans émotion. C'est le colombarium le plus proche de l'endroit où j'habite.

– Oh, oui, bien sûr.

Letty fut momentanément gênée, mais Edwin ne semblait pas affecté par le souvenir de sa femme morte, il poursuivit seulement pour dire qu'il y avait eu d'abord un office à l'église auquel assistait beaucoup de monde.

Edwin consulta sa montre.

– Nous sommes prévus à onze heures trente, annonça-t-il, et je crois qu'ils respectent assez strictement les horaires. Oh, voici la voiture du Père G. juste devant. Il a dû nous dépasser aux feux.

– Passer à l'orange, ça ne m'étonnerait pas, dit Norman.

– C'est sûrement ça, dit Letty, soulagée que le terme du voyage parût être proche. Ce portail devant nous?

– Oui, c'est ça, confirma Edwin.

– C'est là que nous finirons tous, dit Norman.

– Pauvre Miss Ivory, chuchota Priscilla à Janice. Je suis contente d'avoir pu venir, étant sa voisine et tout ça – et de vous apporter un peu de soutien moral.

Janice n'était pas sûre d'apprécier la façon dont Priscilla avait formulé les choses, comme si elle avait *besoin* de soutien moral, mais sans doute qu'elle ne voulait parler que de la cérémonie au colombarium qui n'était pas quelque chose de courant. Car il n'était pas question que Janice eût besoin de soutien moral par ailleurs. La découverte de Miss Ivory inconsciente dans sa cuisine et sa mort ensuite à l'hôpital, circonstances certes inhabituelles, pour ne pas dire malheureuses, ne portaient atteinte en aucune manière aux services sociaux et n'impliquaient aucunement que Janice eût fait preuve de négligence. La mort était la fin de toute chose, le point culminant de la vie, et c'est ce qu'elle avait été pour Miss Ivory, une conclusion appropriée à son histoire – quelque chose que l'on pourrait citer, dans les années à venir, comme un exemple du genre de difficultés que rencontrent les assistantes sociales volontaires. Il existait des gens qu'il était impossible d'aider, de guider dans la direction où ils devaient aller pour leur propre bien, et Miss Ivory en faisait certainement partie. Les pensées de Janice revêtaient l'allure d'un rapport, car il apparaissait, d'après ce que l'un des médecins de l'hôpital avait dit, que Miss Ivory était bel et bien dans sa phase terminale, même avant son dernier malaise. Le seul ennui était qu'il pouvait y avoir eu un manque de continuité dans sa surveillance, qu'on pourrait peut-être dire que Miss Ivory était passée entre les mailles du filet, cette expression redoutée...

Letty, remarquant Janice et Priscilla dans leurs habits de tous les jours un peu trop vifs, comprit qu'elle avait eu tort de s'inquiéter de ne rien avoir de convenable pour un enterrement, – de toute évidence, les jeunes ne remarquaient pas ce genre de détail aujourd'hui. Sa robe bleu foncé et sa veste étaient sobres, mais n'étaient pas exactement des vêtements de deuil; la vendeuse du magasin où elle les avait achetées avait appelé cette couleur « bleu marine français », ce qui semblait ajouter une note démodée de frivolité. Les hommes portaient évidemment des cravates noires, car il allait de soi qu'une cravate noire était le genre de chose qu'un homme avait toujours, ou pouvait facilement se procurer.

« *Requiescat in pace,* et puisse la lumière éternelle briller sur elle », pensa Edwin. Cela avait été une bonne idée de demander au Père G. d'officier pour ce bref service. Avec lui, on pouvait être assuré que les choses seraient faites décemment et dans les règles, car il était à craindre que certains prêtres qui officiaient dans les colombariums, ayant à faire beaucoup d'enterrements d'affilée, n'y parvinssent pas toujours. Il était content de voir que l'assistante sociale et sa voisine avaient fait acte de présence, c'était le moins qu'elles puissent faire mais sans aucun doute il avait mieux valu que ce soit lui et le Père G., plutôt qu'elles ou ce pauvre vieux Norman, qui eussent découvert Marcia dans cet état.

Norman, curieusement troublé par l'idée de Marcia étendue dans son cercueil sur le point d'être livrée aux flammes, fut visité par ces deux vers frivoles qu'il avait lus quelque part :

« La poussière à la poussière, les cendres aux cendres.

La grande reine se précipite dans la tombe. »

Il ne savait pas s'il devait rire, ce que l'on pouvait difficilement faire ici, ou pleurer, ce que l'on ne pouvait pas faire non plus, et il y avait longtemps qu'il n'avait pas versé de larmes. Il baissa la tête, alors que les rideaux se fermaient et que le cercueil disparaissait, ne voulant pas voir ce dernier instant.

Ensuite, ils se rassemblèrent tous dehors en un petit groupe mal à l'aise, sous le soleil éclatant.

– Quelles belles fleurs! murmura Letty, se tournant vers Janice et Priscilla.

Les fleurs, utiles en toute circonstance, détendirent une fois de plus une situation difficile. Deux gerbes de glaïeuls orange et d'œillets roses et blancs et deux couronnes de roses de serre, des immortelles mauves et des chrysanthèmes blancs étaient posés dans un espace qui portait un petit écriteau disant « Marcia Joan Ivory »

– Priscilla et moi avons pensé qu'elle préférerait des fleurs coupées, dit Janice un peu provocante, en regardant les couronnes. Il y a des gens qui le précisent.

– Pauvre vieille Marcia, elle n'était pas vraiment en état de préciser quoi que ce soit, dit Norman. Nous nous sommes cotisés pour acheter une couronne, la mauve et blanche, Letty, Edwin et moi, vu que...

– Bien sûr, vous avez travaillé ensemble, n'est-ce pas? dit Priscilla de son ton de fille bien éduquée.

Elle ne savait pas trop comment s'y prendre avec ce curieux petit homme et cet autre grand à peine moins curieux, et elle espérait qu'il lui serait possible de s'en aller rapidement maintenant qu'elle avait fait son devoir social.

– L'autre couronne est de la cousine de Marcia, expliqua Edwin. Elle avait bien cette cousine éloignée, mais elle était trop bouleversée pour assister aux obsèques.

– Ne l'ayant pas vue depuis quarante ans, ajouta Norman.

– Son fils est venu, pourtant, ajouta Edwin. C'est déjà quelque chose. Apparemment, il travaille à Londres.

– Cette personne jeune, assise au fond? s'enquit Letty.

Elle avait remarqué une personne de sexe indéterminé, avec des cheveux blond filasse mal peignés, qui portait un cafetan.

– Oui, avec un collier de perles, c'est lui.

Le groupe se dispersa. Edwin, Letty et Norman allèrent retrouver le Père G. qui attendait un peu impatiemment près de sa voiture. Edwin s'assit à l'avant à côté du Père G., et Letty et Norman s'entassèrent à l'arrière avec la valise contenant les vêtements sacerdotaux. A l'avant, les deux hommes tinrent une conversation animée, concernant surtout les affaires de l'église mais Norman et Letty à l'arrière restèrent silencieux. Norman ne savait pas quoi dire, ni même ce qu'il ressentait, sauf que les enterrements étaient des circonstances tristes de toute façon, mais Letty fut prise d'un sentiment de désolation, comme si la mort de Marcia l'avait laissée complètement seule. Et ce n'était même pas comme si elles avaient jamais été amies.

## XXI

– Nous étions loin de penser...

Il était inévitable que Norman dise quelque chose de ce genre, se dit Letty, se rappelant la dernière fois où ils avaient fait un repas ensemble dans un restaurant. Ils avaient certes été loin de penser ce jour-là au *Rendez-Vous* que leur prochaine rencontre serait celle-ci. Maintenant, bien sûr, ils avaient le Père G. avec eux, et ce n'était pas tout à fait la même chose.

– Eh bien! maintenant...

Le Père G. prit le menu et se mit à l'étudier. Il supposait que lui et Edwin partageraient les frais du repas entre eux deux, Letty étant une femme, et Norman n'étant pas exactement le genre d'homme dont on pouvait espérer qu'il vous invitât à déjeuner. Au moment où avaient été prises les dispositions pour les obsèques, il s'était demandé ce qui se passerait ensuite, étant donné que la défunte ne semblait pas avoir de parent qui fût en mesure d'offrir un repas d'enterrement. Au début, il s'était demandé si Edwin lui-même ne les inviterait pas tous chez lui, mais il fut soulagé qu'il en eût décidé autrement et eût choisi un restaurant proche, où l'on servait du vin. C'était un changement agréable que de ne pas être entassé dans une salle de séjour de banlieue – un « living » – invariablement meublée avec un goût consternant, dans l'obligation de boire du sherry ou les inévitables tasses de thé. Serait-il tout à fait déplacé, se demanda-t-il, de proposer ce dont il avait réellement envie à cet instant – un martini dry?

– Si nous buvions un verre, suggéra Edwin, faisant écho à la pensée du Père G.

– Oui, on a l'impression que..., murmura Letty.

– Ça vous pompe, une journée comme celle-là, soupira Norman maladroitement.

Il avait failli dire que ce qui pompe ce sont les enterrements, mais pour une raison ou pour une autre, le mot n'était pas venu, comme s'il avait de la répugnance à y penser, et à plus forte raison à le prononcer à haute voix.

Le Père G., encouragé de la sorte, se sentit en droit de se montrer énergique et de prendre des initiatives. Il appela un garçon et commanda à boire – du sherry demi-sec pour Edwin et Norman, un martini dry pour lui-même, et pour la dame... Letty hésita – elle se disait vaguement que peut-être ils ne devraient pas boire, alors que la pauvre Marcia n'avait jamais touché un verre – et le Père G. pensa qu'il s'agissait de pudeur féminine ou qu'elle ignorait ce qu'elle pouvait commander.

– Pourquoi ne pas essayer un martini dry?, lui conseilla-t-il. Ça vous remettra sur pied.

– Oui, je crois que j'ai besoin de quelque chose comme ça, acquiesça-t-elle, et quand elle fut servie, il sembla bien que l'alcool eût en effet le pouvoir de la retaper.

« Il n'y a pas de doute », pensa-t-elle, « boire quelque chose dans un moment comme celui-ci, ça réconforte ». Cela lui fit également comprendre que tandis que la pauvre Marcia n'était plus parmi eux, elle et les autres étaient bel et bien en vie – Edwin, gris et solennel comme d'habitude, Norman visiblement sous le coup de quelque émotion, et le Père G., curé menant rondement ses affaires. En regardant le restaurant autour d'elle, elle remarqua une composition de pois de senteur artificiels aux couleurs anormalement vives, un groupe « d'hommes d'affaires » installés à une longue table, et deux femmes élégamment vêtues qui comparaient des échantillons de tissu pour rideaux. Consciente d'être bien vivante, elle se laissa convaincre par le Père G. de prendre des œufs Florentine, parce que cela semblait tentant, alors que lui-même commandait un steak, Edwin un carrelet grillé, et Norman du chou-fleur au gratin.

– Je n'ai pas envie de grand-chose, ajouta Norman, subtilement, faisant sentir aux autres qu'ils n'auraient pas dû avoir envie de grand-chose non plus.

– Vous êtes à la retraite maintenant? demanda le Père G., se tournant vers Letty. Cela doit être... » Il cherchait un mot pour décrire ce que devait être la vie de Letty à la retraite. « Plein de possibilités », déclara-t-il, la vie tout entière n'étant d'ailleurs qu'une immense possibilité.

– Oui, c'est certain! » Le martini dry avait amené Letty à apprécier davantage sa situation actuelle. « Je me rends compte que je peux faire toutes sortes de choses maintenant.

– Il y a plus d'une manière de comprendre cela, ricana Norman, retrouvant sa désinvolture habituelle. On en vient à se demander ce que vous pouvez bien fabriquer.

– Rien, en fait, répondit Letty, inhibée par la présence du Père G. J'ai simplement plus de temps pour me distraire, lire et travailler en général.

– Ah! oui, l'aide sociale, opina le Père G., approbateur.

– Il me semble plus probable que Letty se situe du côté de ceux qui bénéficient de l'action des assistantes sociales, dit Edwin. Après tout, elle *est* retraitée, elle fait partie du troisième âge, pour ainsi dire.

Letty trouvait un peu injuste qu'Edwin la rangeât dans cette catégorie, alors qu'elle n'avait pratiquement pas de cheveux blancs en dépit de son âge, et cette classification peu engageante sembla éloigner le Père G. Il n'était pas très porté sur les personnes âgées, les gens d'un certain âge, ou simplement « les vieux », quel que soit le nom qu'on leur donnât.

– Qu'allons-nous prendre ensuite? demanda Edwin.

– Est-ce que vous vous souvenez de la dernière fois? lança soudain Norman. Ce que nous avons pris pour terminer?

– Je crois que vous et moi avions mangé de la tarte aux pommes avec de la glace, murmura Letty.

– C'est cela : de la tarte aux pommes de tante Machin. » Edwin avait pris de la crème au caramel et il avait essayé de persuader Marcia d'en prendre aussi, mais elle n'avait pas voulu.

Il y eut un silence, et pendant un moment personne ne trouva rien d'autre à dire. Ils avaient peut-être tous le sentiment que lorsque quelqu'un vient de disparaître, il est préférable d'exprimer ce que l'on éprouve. Le nom de Marcia n'avait pas été mentionné jusqu'alors, et il était sans doute juste que Norman fût le premier à le prononcer.

– Elle a toujours eu un si petit appétit, soupira finalement Letty.

– Oui, elle n'a jamais beaucoup mangé.

On eût dit que la voix de Norman allait se briser sur ces mots, mais il se maîtrisa.

« Il faut que je l'invite à dîner un soir », pensa Edwin. « Oui, je dois lui donner l'occasion de parler d'elle s'il le souhaite. » Cette perspective ne l'enchantait guère, mais il fallait se plier à ce genre d'obligation, et se dire qu'on ne pouvait pas toujours prendre du plaisir à remplir son devoir de chrétien.

– Que va devenir la maison de Miss Ivory? s'enquit le Père G., comme si le fait de parler immobilier pouvait élever le niveau de la conversation. Je suppose que c'est le – euh – parent qui va en hériter?

– Le jeune homme au collier de perles ou sa mère, j'imagine, dit Edwin. Je pense qu'ils étaient ses seuls parents.

– Une fois un peu arrangée, ce pourrait être une propriété tout à fait désirable, affirma le Père G, sur un ton condescendant d'agent immobilier.

– Qu'est-ce que vous voulez dire, une fois un peu arrangée? demanda Norman avec agressivité.

Le Père G. sourit.

– Eh bien, vous savez, un coup de peinture ne lui ferait pas de mal – c'est l'impression que j'ai eue. Et maintenant, si nous prenions une glace? demanda-t-il sur un ton conciliant, pensant que la glace pouvait ramener le calme et apaiser la colère de Norman plus efficacement que tout ce qu'il dirait.

– Nous avons terminé par de la glace, raconta Letty. Il y avait un tel choix qu'on avait l'impression d'être de nouveau des enfants. Même Norman a dit qu'il avait toujours aimé la glace à la fraise. Je crois que ça lui a redonné courage d'une certaine manière.

– Je ne savais pas si vous auriez faim ou pas, dit Mrs Pope. On ne sait jamais, après un enterrement.

Letty fut surprise et obscurément réconfortée de savoir que Mrs Pope avait pensé à elle au point de se demander si elle aurait besoin d'un repas. Étant donné l'heure, – cinq heures à peine passées – les choses ne se présentaient pas bien, sauf pour un « goûter », qui semblait déplacé.

– Edwin avait l'air de connaître ce restaurant dans le quartier, c'était donc très pratique, expliqua Letty.

Mrs Pope attendait avec intérêt, alors Letty avait dû lui décrire ce qu'ils avaient mangé. Du steak pour le Père G. avait paru tout indiqué à la propriétaire, car après tout, il avait officié, et d'une certaine manière, les curés semblaient apprécier la viande et même en avoir besoin. Des œufs Florentine pour Letty, cela lui semblait un choix frivole et dénué de sensibilité, du même ordre que le fait de porter du « bleu marine français » pour un enterrement. Qu'avaient-ils de particulier les Français, ou était-ce l'idée qu'on s'en faisait? Maintenant que nous appartenions à la CEE, les choses allaient sûrement changer, les comportements aussi, ou bien serions-nous contaminés par leur prétendue frivolité? Alors Letty se contenta de dire qu'elle avait choisi « un plat avec des œufs ».

– Eh bien! les œufs sont aussi nourrissants que la viande à leur manière, déclara Mrs Pope, alors vous n'aurez probablement pas envie d'un autre œuf maintenant.

– Je crois qu'une tasse de thé me suffirait...

Rien ne valait un bon thé et une conversation agréable sur l'incinération.

# XXII

Norman entra dans la maison de Marcia, avec la clef de la porte d'entrée qui lui avait été remise par l'avocat. Il pénétra dans « l'habitation de Miss Marcia Joan Ivory, décédée ». Ce fut ainsi qu'il se formula les choses et ainsi que, retrouvant, dans sa surprise, son habituelle désinvolture, il avait débattu avec Edwin de l'étonnante nouvelle selon laquelle Marcia lui avait laissé sa maison. Le testament avait de toute évidence été fait juste après son opération, à une époque où elle avait été obligée de faire face à l'avenir. Son argent, tel qu'il était, avait été laissé à sa cousine, pour être ensuite légué à son fils.

– Il pourra s'acheter un autre collier, fut le commentaire de Norman.

– Norman le Propriétaire, le taquina Edwin.

Cela semblait rétablir l'équilibre entre eux, maintenant que Norman aussi possédait une maison et n'avait plus à être un objet de pitié, seul dans sa chambre meublée. Pourtant, il aurait en fait été plus convenable que Marcia eût laissé sa maison à Letty, également seule dans une chambre meublée, bien qu'elle eût la compagnie de Mrs Pope.

– Allez-vous y vivre? demanda Edwin, en pensant

à l'état dans lequel était la maison quand lui et le Père G. y étaient allés cette fois-là. Il faudra y faire quelques travaux, ne put-il s'empêcher d'ajouter. Je ne serais pas surpris s'il y avait des gouttières dans le toit.

– Oh, et puis après! s'exclama Norman. Quelle importance que le toit?

– Eh bien, il pourrait laisser entrer de l'eau, de la pluie ou de la neige.

– On n'a pas souvent de la neige à Londres – pas au sud de la Tamise, en tout cas.

– Vous étiez au courant de tout ça – vous vous en doutiez?

– Qu'est-ce que vous croyez? Bien sûr que non.

– Elle vous préparait votre café, rappelez-vous, insista Edwin.

– C'était seulement parce qu'elle trouvait qu'il était plus avantageux de partager le grand modèle économique, comme vous l'avez déjà fait remarquer plus d'une fois, rétorqua Norman avec colère.

Ils s'étaient séparés légèrement fâchés l'un contre l'autre, et le lendemain, Norman avait pris une journée de congé pour aller voir la maison. Quelques bribes de congé lui restaient dues, il n'y avait donc pas de problème de ce côté-là. Qui aurait pu penser que l'une de ces journées aurait son utilité dans ce genre de circonstance? Les voies de Dieu sont impénétrables. Il va accomplissant ses prodiges; et c'était assurément d'un prodige qu'il s'agissait.

La clef tourna sans peine dans la serrure Yale, flanquée d'une autre serrure encastrée. Marcia avait pris des précautions contre les cambrioleurs, surtout à l'époque où elle s'absentait toute la journée. Debout dans le vestibule, Norman porta son attention sur les meubles edwardiens massifs, – porte-chapeaux, table et chaises – plutôt que sur la poussière qui recouvrait tout, car il était normal que ce fût poussiéreux après tout ce temps. Cela allait de soi, se dit-il. Il passa de pièce en pièce, il ne se voyait pas propriétaire, mais imaginait Marcia telle qu'elle avait dû être à l'époque où il l'avait connue, bien qu'il n'eût jamais été invité chez elle. Si elle l'avait invité, les choses auraient-elles été différentes? Mais elle ne l'avait jamais fait, c'était l'essence de leurs relations. Cela avait-il donc été une relation? Il se rappela la fois où elle l'avait suivi jusque dans le British Museum, et il s'était retrouvé pris au piège devant les animaux, à les regarder bêtement parmi un groupe d'écoliers, coincé, jusqu'à ce qu'il fût possible de partir sans danger. Elle croyait qu'il ne l'avait pas vue, mais c'était faux, et par la suite il n'était pas retourné au musée, il s'était contenté de quelques brèves visites à la bibliothèque. Puis il y avait eu cette histoire de café, sur laquelle Edwin revenait sans cesse – cela n'avait pas été grand-chose, en réalité...

Norman monta l'escalier. Il arriva dans une pièce qui avait peut-être été sa chambre. Il y avait un papier peint minable semé de roses et un tapis à motifs fané. Il y avait une table à côté du lit, et dessus, quelques livres, une anthologie de poésie, ce qui le surprit, et une série d'imprimés, le genre de choses que l'on trouvait à la bibliothèque, qui donnent des informations sur les avantages sociaux des retraités et des personnes âgées. Un vieux dessus-de-lit blanc assez sale en chenille de coton couvrait le lit, et les draps et les oreillers étaient encore à leur place, tels qu'elle les avait laissés. C'était le lit où elle avait dormi, où elle avait rêvé, et où elle avait été mourante, bien qu'elle ne fût pas effectivement morte dedans. Edwin et le Père G. l'avaient trouvée au rez-de-chaussée, assise à la table de la cuisine.

Norman s'avança vers la coiffeuse, avec son miroir tournant, qui se trouvait sur le bord de la fenêtre. Elle avait donc choisi un endroit bien éclairé pour voir son visage, une lumière qui ferait cruellement ressortir chaque ride? Pourtant, ce n'était pas tellement le genre de Marcia que de se regarder souvent dans un miroir, supposait-il. Elle ne semblait guère se soucier de son apparence même quand elle était au meilleur de sa forme, même quand elle avait les cheveux teints. A la fin, la sœur, à l'hôpital, avait parlé de ses jolis cheveux *blancs*, alors peut-être que la teinture était partie et que quelqu'un avait coupé les pointes plus foncées. Elle était bien belle, avait ajouté la sœur, si calme et si paisible, mais Norman savait qu'ils disaient toujours cela aux parents; ils étaient sans doute souvent obligés de « prendre des gants » dans les hôpitaux. Marcia belle! C'était la meilleure! Pourtant, maintenant qu'il savait qu'elle lui avait laissé sa maison, il était prêt à croire qu'il n'était pas impossible qu'elle eût été presque belle.

Il y avait une commode, qui contenait sans doute ses vêtements et diverses affaires. Il n'avait pas particulièrement envie de les voir, mais il céda à la curiosité. Timidement, comme s'il violait le caractère sacré de son tiroir privé au bureau, il ouvrit l'un des tiroirs. A sa surprise, il était plein de sacs en plastique de tailles diverses, tous soigneusement pliés et classés selon leur taille et leur genre. Il y avait quelque chose de presque admirable dans cet arrangement inattendu qui pourtant ressemblait tellement à Marcia.

Il ferma le tiroir et resta debout au milieu de la pièce, se demandant que faire. Ce n'était tout de même pas son rôle que de venir à bout de tout ce fouillis, c'était un travail de femme. Letty devrait être là, à trier les affaires, à décider du sort des vêtements. Peut-être devrait-il la contacter, oui, c'était évident, à moins qu'il fût possible de joindre la cousine éloignée de Marcia. En tant que parent, elle avait sans doute la priorité. Elle avait été trop bouleversée pour assister aux obsèques, mais quelques dons en nature, comme des vêtements et deux ou trois petits meubles, pourraient bien opérer des merveilles sur sa sensibilité.

Tout en réfléchissant à cela, Norman se rendit dans une autre pièce et se mit à regarder dehors par une fenêtre latérale. De là, il apercevait des maisons bien entretenues, bien peintes, et de coquets jardins, les résidences de ses futurs voisins, si jamais il décidait d'habiter ici lui-même.

– Il y a un homme qui regarde par la fenêtre, dit Priscilla. Il est dans la maison de Miss Ivory. Vous croyez que c'est normal?

– Il faudrait peut-être aller se rendre compte, répondit Janice.

Elle et Priscilla étaient assises dans le patio et buvaient du café. C'était une journée d'octobre merveilleusement ensoleillée, un vrai été indien. Janice était allée rendre visite à l'un de ses « cas » dans une rue proche, mais la vieille dame était partie faire un tour en voiture avec une de ces dames de charité un peu trop zélées de la paroisse. C'était agaçant, ces interférences qui se produisaient parfois dans les services sociaux, même si cela signifiait pour Janice qu'elle disposait d'une matinée de liberté imprévue. Alors, elle était passée chez Priscilla prendre une bonne tasse de café et bavarder un peu. Il ne s'agissait pas exactement de bavarder, plutôt de spéculer sur ce qui arriverait à la maison de Miss Ivory, imaginer quel genre de voisins Nigel et Priscilla pourraient avoir.

– On dirait que c'est l'un des hommes qui étaient aux obsèques, remarqua Priscilla. Vous savez, les hommes qui travaillaient dans cette espèce de bureau.

– Et que ferait-il dans la maison? demanda Janice. Il n'est jamais venu voir Miss Ivory quand elle était vivante.

Son ton trahissait un peu de l'indignation qu'elle ressentait à l'idée que Miss Ivory avait pu avoir des amis parfaitement capables de venir la voir et qui ne l'avaient jamais fait. Pourtant, n'était-ce pas son travail, sa justification, sa « raison d'être », la solitude de gens comme Miss Ivory? Il fallait choisir, comme son mari le lui rappelait quelquefois. Si les amis et les parents accomplissaient leur devoir, Janice pourrait bien se retrouver au chômage.

– Si nous allions jeter un coup d'œil, suggéra Priscilla avec audace. Nous pouvons toujours dire que nous avons remarqué quelqu'un dans la maison et que nous nous sommes demandé si c'était normal. Après tout, nous ne le connaissons ni d'Ève ni d'Adam, n'est-ce pas?

« Voici l'assistante sociale et son amie, la voisine », pensa Norman quand il les vit s'approcher de la maison. « Qu'est-ce qu'elles veulent donc? »

– Oui? leur lança-t-il d'une manière brutale et peu engageante, tout en entrouvrant la porte d'un air revêche.

« Quel bizarre petit homme! » pensa Priscilla, se préparant à arborer son air le plus distant, mais ce fut Janice qui prit la parole.

– Je suis Janice Brabner, se présenta-t-elle, et c'est moi qui m'occupais de Miss Ivory. » Elle se rendait compte que ce n'était pas une réflexion très pertinente dans la mesure où son entreprise ne semblait guère avoir été couronnée de succès.

« Nous avons vu quelqu'un à une fenêtre au premier, s'empressa-t-elle d'ajouter.

– Oui, moi, dit Norman. Cette maison m'appartient maintenant. Miss Ivory me l'a laissée dans son testament.

Norman était tout à fait prêt à les voir se figer dans une expression d'étonnement peu flatteur après cette déclaration. Elles paraissaient avoir peine à le croire. Celle qui s'appelait Priscilla était une grande blonde, qui portait des pantalons de velours, et l'autre – « Je suis Janice Brabner », se moqua-t-il intérieurement – était plus petite et plutôt trapue, la vraie assistante sociale énergique et autoritaire. Elle fut la première à parler après qu'il eût lâché sa bombe.

– Vous en êtes sûr? s'étonna-t-elle.

– Sûr? Évidemment que j'en suis sûr! répliqua Norman avec indignation.

– Oh, quelle bonne nouvelle! s'exclama Priscilla.

Elle n'était pas assez sotte pour imaginer qu'un débordement d'hypocrisie sociale la mènerait bien loin avec Norman, mais elle s'était dit que si ce monsieur devait être leur nouveau voisin, autant valait se mettre en bons termes avec lui. Elle espérait quand même fortement que ce ne serait pas le cas. Ce qu'elle voulait en réalité était un jeune couple à peu près du même âge qu'elle et Nigel, avec enfants éventuellement, de façon à pouvoir se rendre des services mutuels quand elle et Nigel décideraient de fonder une famille. Le genre de personnes que l'on n'hésiterait pas à inviter à dîner, ce à quoi ce petit homme bizarre, quels que fûssent ses amis, ne correspondait pas du tout.

Mais Janice, dont l'avenir n'était pas en jeu, pouvait se passer de diplomatie.

– Vous allez habiter ici ? s'enquit-elle sans ambages.

– Je ne sais pas encore, répondit Norman Peut-être que oui, peut-être que non.

Sur ces paroles, les deux femmes prirent congé, et Norman eut le sentiment qu'il ne s'était pas laissé faire. Il ne retourna pas dans la maison mais se mit à explorer le jardin – « explorer » était bien le mot qui convenait, lorsqu'on était presque obligé de se tailler un chemin à coups de hache dans les broussailles. Il y avait une remise, qui pourrait avoir son utilité, et il s'y vit disposer ses outils et tout son « matériel ». Peut-être Marcia avait-elle une tondeuse à gazon, une fourche, une bêche et une binette, bien qu'il ne semblât pas qu'elle se fût beaucoup servie de ce genre de choses récemment. Il poussa la porte de la remise. Il y avait bien des outils dans un coin, mais presque tout l'espace était occupé par des rangées de bouteilles de lait entassées sur des étagères, il devait y en avoir plus d'une centaine.

A ce stade, Norman se sentit dépassé. La pensée de sa chambre meublée avec son côté douillettement étriqué lui donna soudain un confortable sentiment de sécurité, et il décida d'y retourner, c'était encore « chez lui ». Malgré tout, il était maintenant propriétaire d'une maison, et il lui appartenait de décider ce qu'il allait faire de cette propriété, y habiter lui-même ou la vendre. Les demeures de cette rue atteignaient de coquettes sommes, s'il en jugeait par celles qu'il y avait vues. Le fait que la décision lui revint, qu'il avait le pouvoir d'influencer la vie de gens comme Priscilla et son mari, lui procura une sensation tout à fait nouvelle, qu'il n'avait jamais éprouvée jusque-là et qu'il savoura. Il se sentait « fier comme un coq », comme on dit et marcha la tête haute jusqu'à l'arrêt de bus.

Ce même soir, de l'autre côté du parc, Edwin rentrait du bureau, se demandant comment s'était passée la journée de Norman dans ce qui pour lui était toujours « la maison de Marcia ». Dans d'autres circonstances, il serait sans doute allé jusque-là, mais comme on était le dix-huit octobre, la Saint Luc, il espérait trouver une messe du soir quelque part. Les églises où il était passé entre midi et deux heures n'avaient rien à proposer, c'était triste quand on pensait à l'époque où le père Thames, et ensuite le père Bode, attiraient de nombreux employés de bureau. Edwin évoqua aussi avec regrets une autre église où il s'était souvent rendu jadis, où il y aurait eu un office splendide, mais cette église n'existait plus. Un scandale au début des années cinquante – dont Edwin se souvenait bien – avait mis un terme à ces cérémonies, le nombre des fidèles avait décliné, et l'église avait fini par fermer car elle n'avait plus sa raison d'être. Maintenant un immeuble avec des bureaux se dressait à cet endroit où jadis avait flotté une odeur d'encens. C'était une triste histoire dont la conclusion était qu'il n'y aurait pas là de messe du soir pour la Saint Luc. Luc, le bien-aimé médecin. On aurait pu penser que l'église en face de l'hôpital où Marcia était morte serait pleine de pieux docteurs, – chirurgiens et médecins – d'internes et d'infirmières aujourd'hui, mais pas du tout. Cette église de Saint Luc était de celles où les offices du dimanche étaient réduits au strict minimum, et où il ne se passait rien en semaine. Maintenant qu'il y pensait, Edwin avait des doutes sérieux sur Mr Strong, le chirurgien de Marcia; il ne devait pas beaucoup aller à l'église. C'était quelque chose qu'il avait dit, une remarque désobligeante qu'il avait faite sur l'aumônier... Enfin, cela ne résolvait pas le problème de trouver un office pour la Saint Luc, et finalement, il dut renoncer à cette idée.

Puis, Edwin se dit soudain qu'il pourrait peut-être donner un coup de fil à Letty. A l'enterrement, il avait eu l'impression qu'elle était un peu seule, même chez Mrs Pope. Après tout, si l'idée de prendre une chambre chez elle avait été bonne, la compagnie d'une femme de plus de quatre-vingts-ans suffisait-elle à Letty? C'est avec cette idée qu'il alla au téléphone et composa le numéro, mais il était occupé. Il décida d'abandonner pour aujourd'hui et d'essayer de nouveau demain, ou un autre jour, quand il y penserait. Après tout, rien ne pressait.

## XXIII

Letty éprouvait pour les gens d'église ce respect d'autrefois qui semblait démodé durant les années soixante-dix, où elle était sans cesse invitée à reconnaître que de bien des manières, ils étaient tout aussi humains que les autres hommes, ou même encore davantage. Cette notion d'humanité, qui nous est à tous commune, avait été l'objet d'un sermon qu'elle avait récemment entendu à l'église de Mrs Pope; on aurait dit que le pasteur voulait préparer ses fidèles à un exemple de comportement particulièrement scandaleux. Dans son cas, il ne s'agissait pourtant de rien d'autre que d'enlever quelques bancs au fond de l'église pour ménager un endroit où les jeunes enfants pourraient avoir une place pendant l'office, mais naturellement, cette proposition avait été accueillie chez certains par un refus indigné.

– Il est déterminé à nous passer sur le corps, déclara Mrs Pope.

Letty, choquée par la violence de l'image évoquée par Mrs Pope, s'apprêtait à dire un mot en faveur du pasteur, quand le téléphone sonna. Quelques minutes plus tôt (ou plus tard) il aurait pu s'agir d'Edwin, animé par le désir amical de venir en aide à Letty dans la solitude qu'il imaginait être la sienne, mais il s'agissait de Marjorie, « cette amie à vous qui va épouser un pasteur », comme le disait parfois Mrs Pope. Pour l'heure cependant, il semblait que Marjorie n'allait *pas* l'épouser. Ce que Letty saisit, dans un flot de paroles incohérent, fut que pour une raison quelconque – la communication était mauvaise, et elle ne put comprendre exactement quelle était la raison – les fiançailles avaient été rompues.

– Beth Doughty, gémissait Marjorie. Et je ne me doutais pas...

Pendant un instant, Letty n'arriva plus à se rappeler qui était Beth Doughty, puis cela lui revint. La directrice de Holmhurst, cette demeure pour les personnes retraitées, c'était elle, Beth Doughty – la femme efficace à la coiffure rigide, qui servait de si généreuses rations de gin, savait quel genre de nourriture David Lydell aimait, et se souvenait de sa passion pour l'Orvieto. L'idée de deux femmes rivalisant de vins et de nourriture pour gagner l'amour d'un pasteur avait quelque chose de choquant, mais tout concordait. Ah, cette humanité qui nous est à tous commune!

Quand Letty reposa enfin le téléphone, il ressortit essentiellement de la conversation qu'elle devait aller voir Marjorie aussitôt que possible. Pas ce soir, bien entendu, – il n'y avait pas de train qui lui convenait – mais dès demain à la première heure.

– Eh bien!..., Letty se tourna vers Mrs Pope qui attendait. C'était mon amie. Il a rompu les fiançailles, annonça-t-elle. Il y a une autre femme, apparemment la directrice d'une maison de retraite.

Cela avait l'air très grave, formulé de cette façon, et le fait que des « personnes âgées » fussent impliquées dans cette affaire, même indirectement, semblait particulièrement affligeant.

– *Vraiment*... Mrs Pope ne trouva rien qui exprimât convenablement ses sentiments.

Par comparaison, le fait d'enlever quelques bancs au fond de son église paraissait négligeable.

– Il va falloir que vous alliez la voir, bien sûr, ajouta-t-elle, non sans un soupçon d'envie.

– Oui, dès demain matin, répondit Letty.

Elle se sentait curieusement excitée, sentiment qu'elle essaya de réprimer, mais il ne voulait pas disparaître. Elle se mit à prévoir quels vêtements elle emporterait pour cette visite inattendue à Marjorie. Le temps avait été chaud pour un mois d'octobre, mais il ne fallait pas oublier qu'il faisait toujours plus froid à la campagne.

– Ses ennuis gastriques, et puis, il y avait sa mère qui avait plus de quatre-vingt-dix ans, et d'une certaine manière... » Marjorie hésita. « Notre différence d'âge a joué. Il avait quelques années de moins que moi, bien sûr.

Letty eut un murmure de sympathie, car elle savait tout cela, et maintenant que Marjorie expliquait ce qui s'était passé, qu'il avait semblé peu disposé à fixer la date du mariage – il avait déjà été retardé à cause de la santé de sa mère – c'était étonnant – à la réflexion – qu'il eût consenti à se marier tout simplement. Et comment Beth Doughty avait-elle fait, car cela méritait une explication, bien sûr? Ces arguments restaient valables, et on ne pouvait pas dire qu'elle était beaucoup plus jeune que Marjorie.

Marjorie ne semblait pas connaître la réponse à cette question, ou bien elle était trop bouleversée pour approfondir le problème. Letty commença à se demander si Beth Doughty n'allait pas à son tour être rejetée; peut-être qu'aucune femme ne réussirait à amener David Lydell jusqu'au mariage, mais elle n'en souffla mot.

– On ne peut pas savoir ce dont une femme est capable, dit Marjorie. C'est quelque chose qu'on ne peut jamais ni expliquer ni prévoir.

Letty convint que c'était tout à fait vrai et repensa à Marcia, qui avait laissé sa maison à Norman, parfait exemple du caractère imprévisible des femmes. Et maintenant que Marcia était morte, on ne pourrait jamais expliquer son acte.

– Et où ira David Lydell? demanda Letty.

– Où il ira? C'est presque ça le pire – il n'ira nulle part. Il va rester ici.

– Il a décidé de rester?

– Je ne sais pas s'il faut dire « décidé », je ne crois pas qu'il ait envisagé de déménager.

– Oui, je suppose qu'il n'est pas dans ce village depuis longtemps, mais dans les circonstances actuelles...

Letty s'engageait là sur un terrain glissant et elle ne se sentit pas capable d'aller plus loin. Et pourtant, quand on y pensait, pourquoi David Lydell quitterait-il la région? Il n'avait rien fait d'autre que de changer d'avis et, comme les gens ne cessaient de le dire, il valait mieux découvrir ce genre d'erreur avant qu'il ne fût trop tard.

– Où va-t-il habiter? continua-t-elle. Tout de même pas à la maison de retraite, à Holmhurst?

– Je ne crois pas, je pense qu'ils vont s'installer au presbytère.

Ce presbytère inconfortable, dans lequel il fallait faire tant de choses, se souvint Letty. Peut-être était-ce tout ce que David Lydell méritait.

– Mais est-ce que ça ne va pas le déprimer de penser à toi toute seule ici? murmura-t-elle.

– Oh, Letty... » Marjorie eut un sourire indulgent, comme pour excuser la naïveté de son amie.

« De toute façon, je sens que je ne vais pas rester seule bien longtemps.

– Ah bon?

Ce pudique aveu amena Letty à se demander ce que Marjorie pouvait bien vouloir dire. Il était certainement beaucoup trop tôt pour qu'un nouveau mari possible ait fait son apparition dans le village

– Eh bien! ne comprends-tu pas que...

Marjorie commença à s'expliquer, et alors, bien sûr, Letty comprit. Maintenant qu'il n'était plus question de mariage, les projets de retraite de Letty pouvaient être menés à bien comme prévu, comme si rien n'était venu les modifier. Elle viendrait (c'était évident) s'installer à la campagne et retrouverait Marjorie dès qu'il serait possible de s'organiser.

« Et après? » se demanda Letty. En admettant qu'après quelques mois ou quelques années Marjorie rencontre un autre homme susceptible de l'épouser, qu'adviendrait-il de Letty? Dans le passé, elle avait toujours été à la remorque de Marjorie, quand elles étaient toutes les deux ensemble, mais il n'y avait pas de raison pour que cette situation fût éternelle. Elle décida qu'elle réfléchirait à la question, qu'elle ne s'engagerait pas immédiatement.

– Je suppose que tu lui as renvoyé sa bague, dit-elle, revenant délibérément au sujet des fiançailles rompues.

– Oh! mon Dieu, non; David a voulu que je la garde. Je suppose qu'il pouvait difficilement me demander de la rendre, étant donné les circonstances.

– Non, il ne pouvait pas le demander, mais toi, tu aurais pu te dire que tu n'avais pas envie de la garder, observa Letty.

– Mais, c'est une si jolie bague, une pierre de lune sur monture ancienne. Tu sais que j'ai toujours eu envie d'une bague ancienne, continua Marjorie, lui expliquant qu'une bague comme celle-là était tellement plus intéressante que le petit brillant conventionnel de son premier mariage. Et quand on vieillit, on dirait que les mains s'épaississent et que les doigts grossissent, alors une bague plus volumineuse va mieux.

Elle portait encore à la main gauche la pierre de lune, et fière de posséder un tel bijou, elle avança la main pour que Letty pût l'admirer.

## XXIV

– On n'arrête plus les miracles, c'est tout ce que je peux dire, déclara Norman en prenant un sandwich au corned-beef dans un sac en plastique.

– C'est sûr que les exemples ne manquent pas, reconnut Edwin, affairé avec un sachet de thé. J'ai eu Mrs Pope au téléphone hier soir, et elle m'a tout raconté. L'amie de Letty a appelé pour dire que tout était fini, qu'elle ne se mariait pas. Bien sûr, elle était très affectée, c'est la raison pour laquelle Letty y est allée.

– Et qu'est-ce qu'*elle* peut y faire? Écouter son amie parler de son échec, j'imagine. Cette chère vieille Letty ne m'a jamais semblé d'un grand secours dans une situation de crise.

– Peut-être qu'elle ne peut pas faire grand-chose – mais la présence d'une amie...

Edwin hésita, ne sachant pas comment définir le type de réconfort que Letty pourrait éventuellement apporter.

– Oh! oui, je suis d'accord, les femmes ont sûrement leur utilité.

– Surtout si elles vous laissent leur maison dans leur testament, plaisanta Edwin. Vous devez commencer à vous habituer à être propriétaire.

– Je vais vendre la maison, annonça Norman. Cela ne me dit rien d'y habiter.

– Oui, c'est le mieux; elle serait beaucoup trop grande pour vous, remarqua Edwin d'un ton raisonnable.

– Ça, ce n'est pas tout à fait mon avis, risposta Norman avec humeur. Ce n'est qu'une maison jumelle ordinaire, vous savez, tout comme la vôtre, et vous ne trouvez pas qu'elle soit trop grande. Je n'ai pas nécessairement l'intention de finir mes jours dans une chambre meublée.

– Non, bien sûr que non, rectifia Edwin, avec cette voix apaisante qu'il adoptait généralement pour calmer le petit homme en colère.

– Je suppose qu'il y a plus de chances que je finisse mes jours dans une maison de retraite, déclara Norman, tout en prenant le grand modèle économique de café soluble. On appelle ça « Modèle Familial » – c'est drôle, en fait, car ce sont surtout les employés de bureau qui l'achètent. » Il versa une cuillerée de café dans sa tasse. « C'est sûr qu'on y gagne un peu – c'est ce que nous pensions Marcia et moi. »

Edwin ne fit pas de commentaire. En silence, il agitait son sachet de thé avec une cuillère; un nuage de liquide ambré se répandit dans l'eau bouillante. Puis il ajouta la tranche de citron habituelle, remua, et s'apprêta à boire. Les paroles de Norman, la façon dont il avait dit « Marcia et moi », le portaient à se demander s'ils auraient pu se marier tous les deux. Pourtant, il n'arrivait pas à imaginer comment un tel événement serait survenu. S'ils s'étaient rencontrés il y a longtemps, quand ils étaient tous les deux plus jeunes? Mise à part la difficulté qu'il avait à se les représenter plus jeunes, ils n'auraient sans doute pas été attirés l'un par l'autre à ce moment-là, et même aujourd'hui, cette idée « d'attirance » paraissait ridicule quand on l'appliquait à Norman et Marcia. Et pourtant, qu'est-ce qui pouvait bien rapprocher les gens, même les gens les plus invraisemblables? Edwin n'avait que des souvenirs très flous de son mariage et de la période qui l'avait précédé, à l'époque où il servait la messe à l'église anglo-catholique intransigeante que Phyllis fréquentait. Dans les années trente, on avait une façon de se marier qui ne semblait plus exister maintenant, ou du moins pas à ce point, corrigea-t-il. En supposant que Marcia ne soit pas morte, est-ce qu'elle et Norman auraient pu se marier et habiter chez elle? Il savait que c'était une chose dont il ne se sentait pas capable de parler à Norman...

Mais ce dernier arracha Edwin à ses pensées pour lui demander conseil sur une question qui semblait le tracasser.

– Et ces vêtements, et tout le reste, qu'est-ce que je suis censé en faire?

– Qu'est-ce que vous voulez dire?

– Les vêtements de Marcia et les choses qui sont dans la maison. Bien sûr, le neveu, avec le cafetan et le collier, a pris quelques bricoles, mais il a dit que sa mère ne voulait pas s'en occuper, que j'en dispose à ma guise. *Moi* – vous vous rendez compte!

Norman donna un coup de pied agressif à la corbeille à papiers.

– Et la voisine et l'assistante sociale – celles qui étaient aux obsèques?

– La blonde sexy et cette salope d'assistante sociale autoritaire? » La colère ajoutait, semblait-il, de violentes couleurs à la façon de s'exprimer de Norman. « Comptez sur moi pour le leur demander!

– Eh bien, il doit bien y avoir quelqu'un à l'église

du quartier... quelqu'un qui saurait quoi en faire.

– C'est tout à fait vous de penser à ça. Et votre ami, le Père G. viendrait à la rescousse, bien sûr.

– Je suis certain qu'il le ferait, répliqua Edwin sur la défensive. Les vieux vêtements sont toujours les bienvenus dans les ventes de charité.

– Les ventes de charité! Merci bien! Alors, c'est tout ce que vous pensez des vêtements de Marcia.

– Mon Dieu, vous avouerez que la dernière fois que nous l'avons vue, elle avait l'air un peu bizarre, commença Edwin, mais il s'arrêta aussitôt.

Ces chamailleries inutiles ne les amenaient nulle part. Peut-être que Norman avait une autre image de Marcia maintenant, celle d'une femme avenante à la chevelure blanche, pleine de douceur, comme la sœur-infirmière l'avait décrite à la fin.

– Vous avez pensé à faire appel à Letty? demanda-t-il. Je suis sûr qu'elle vous aiderait.

– Oui, c'est une idée, répondit Norman, l'air reconnaissant. Ce serait mieux que quelqu'un que nous ne connaissons pas.

– Qu'est-ce que nous allons faire de toutes ces bouteilles de lait? demanda Edwin.

– Je ne sais pas, avoua Norman. Qu'est-ce que vous en feriez, vous – vous les laisseriez?

– Je suppose que je m'en débarrasserais petit à petit, j'en sortirais deux ou trois chaque jour pour le laitier.

– On pourrait déjà en mettre quelques-unes dehors maintenant, proposa Letty.

– Oui, ils disent toujours de les rincer avant de les rendre, lui rappela Norman.

– Et celles-ci sont d'une propreté immaculée, remarqua Edwin.

– Je me demande si Marcia serait en colère à

l'idée que nous agissons ainsi, dit Letty. Elle devait avoir une idée derrière la tête, pour les garder toutes dans cette remise, si bien lavées et rangées.

Ils avaient tous trois passé un après-midi intéressant dans la maison de Marcia, à faire l'inventaire de ses affaires. Letty avait été fort surprise par les vêtements, rangés dans des penderies et des tiroirs, des robes qui pouvaient avoir quarante ans ou plus, qui revenaient maintenant à la mode, dont certaines avaient manifestement appartenu à la mère de Marcia. Des choses que Marcia elle-même avait dû porter quand elle était jeune, avant qu'aucun d'eux ne la rencontrât. Et il y avait aussi des vêtements qu'elle avait dû acheter relativement récemment, dont la plupart semblaient, inexplicablement, n'avoir jamais été portés. Les avait-elle gardés pour une occasion spéciale qui ne s'était jamais présentée? Il était impossible de le savoir maintenant.

Ils avaient commencé leur travail au premier étage, mais une fois descendus dans la cuisine, ils avaient eu une surprise encore plus grande en ouvrant le placard à provisions qui contenait une si ahurissante collection de boîtes de conserves.

– Pour quelle raison a-t-elle bien pu acheter tout ça? s'exclama Edwin.

– Mais, vous en achetez bien des conserves, vous? répliqua Norman sur la défensive. Qu'est-ce que ça a de si surprenant?

– Mais, elle avait l'air de ne jamais rien manger, dit Letty.

– Jamais eu un gros appétit, disait-elle, leur rappela Norman.

– Je suppose qu'elle était prudente, comme Mrs Thatcher, suggéra Edwin. Avec les prix qui montent comme on l'a vu...

– Et continueront à monter, quel que soit le gouvernement, remarqua sèchement Norman.

– C'est rangé et classé d'une façon admirable, constata Letty, d'une voix remplie d'étonnement. La viande, le poisson, les fruits, et ici les soupes et les macaronis au fromage, les raviolis...

– Des menus légers pour le soir, approuva Norman. J'ai un grand faible pour les macaronis au fromage – ça a été une bénédiction quand j'ai eu tous ces problèmes avec mes dents.

– Oui, je veux bien le croire, dit Letty, la voix maintenant pleine de sympathie.

– Je pense que Norman ferait bien d'emporter tout ça, déclara Edwin. Après tout, si la cousine et son fils vous ont donné le feu vert...

– Eh bien, je suppose que le fils pourrait en prendre un peu – un jeune homme qui vit comme un hippie serait sans doute bien content d'avoir quelques conserves. Par chance, il n'a pas l'air de savoir exactement combien il y en a. Pourquoi n'en prendrions-nous pas quelques-unes maintenant? proposa Norman.

Avec hésitation, car il leur semblait que c'était très mal de se servir ainsi dans le placard de Marcia, ils se mirent tous trois à faire leur choix. Subtilement, ce choix illustrait leurs différentes personnalités. Edwin prit de la mortadelle et du bœuf braisé, Letty des crevettes et des pêches au sirop, Norman des sardines, des soupes, des haricots beurre, et les macaronis au fromage.

Puis, en bas du placard dans un coin, ils tombèrent sur une bouteille de sherry, intacte. C'était un sherry de Chypre qui, disait-on, provenait de vignobles qui avaient autrefois appartenu à la reine de Saba.

– Si on l'ouvrait? demanda Norman. Ne croyez-vous pas qu'elle nous le destinait sûrement, peut-être pour cette occasion même?

– Elle pouvait difficilement se douter que nous serions tous ici comme ça, objecta Letty. Je veux dire, sans elle.

– Nous devrions peut-être faire ce que propose Norman, dit Edwin. Après tout, pourquoi ne serait-ce pas ce que Marcia aurait souhaité, dans ces circonstances exceptionnelles?

C'était probablement la meilleure façon de formuler les choses, car ce n'était pas exactement une situation banale. Et il avait le sentiment que si quelqu'un pouvait avoir la prétention de savoir ce que Marcia avait pu penser ou souhaiter, pouvait tenter de sonder un tel mystère, c'était sans doute Norman.

– La reine de Saba, murmura Norman, qui avait trouvé des verres et servait de généreuses rations du liquide doré. Ça me plaît! A notre santé, donc.

– Je suppose que vous allez partir vous installer à la campagne, Letty, puisque votre amie ne se marie pas, après tout, dit Edwin, la chaleur de l'alcool ajoutant au plaisir qu'il éprouvait à voir que l'avenir de Letty s'annonçait mieux et que tout semblait se terminer d'une manière bien satisfaisante.

– Je n'ai pas décidé, répondit-elle. Je ne suis plus sûre du tout d'avoir envie d'habiter à la campagne.

– Vous avez raison, l'approuva Norman. Ne faites jamais quelque chose que vous n'avez pas envie de faire, et ne laissez personne vous dire ce que vous avez à faire. Prenez vos décisions vous-même. C'est votre vie, après tout.

– Mais je croyais que vous aimiez la campagne, insista Edwin, avec de la consternation dans la voix, car on savait que les femmes d'âge mûr ou vieillissantes aimaient la campagne, ou auraient dû.

– Aimer la campagne? Non, je ne dirais pas tout

à fait ça, dit Letty, pensant aux oiseaux morts, aux lapins écrasés, et à la médisance des gens du village. C'est simplement que c'était une solution qui semblait nous convenir quand nous l'avons envisagée. Maintenant, j'ai le sentiment que j'ai le choix.

Elle but une longue gorgée de sherry et éprouva une sensation extraordinairement agréable, presque un sentiment de puissance. Elle ressentait la même chose que Norman le jour où il avait découvert qu'il pouvait influencer la vie d'autres personnes en décidant ou non d'habiter la maison de Marcia. Letty se rendait compte à présent que Marjorie et Mrs Pope attendraient toutes deux de savoir ce qu'elle, Letty, avait décidé de faire.

– Mais vous ne voulez tout de même pas rester à Londres? s'obstina Edwin.

– Je ne sais pas. Il faut que j'y réfléchisse, dit Letty... Oh, j'allais oublier, Marjorie s'est demandée si ça vous ferait plaisir à tous les deux de passer une journée à la campagne. Nous pourrions tous y aller déjeuner.

Elle ne put s'empêcher de sourire, car d'un point de vue pratique, il y avait quelque chose de légèrement ridicule dans l'image de ces quatre personnes – Marjorie, Letty, et les deux hommes – entassés ensemble dans la Morris.

« Ces deux amis à toi, les hommes avec qui tu travaillais dans ce bureau, Edwin et Norman », avait dit Marjorie, s'attardant sur leurs noms, « est-ce que ça ne serait pas sympathique de les inviter à passer une journée? »

Tout nouvel intérêt de nature à distraire Marjorie de sa déception devait être encouragé, pensa Letty, bien qu'il fût difficile de voir en Edwin et Norman les héros d'une éventuelle histoire d'amour, et l'on avait du mal à imaginer deux personnes moins sensibles qu'eux aux charmes de la campagne. Mais cela permettait au moins de se rendre compte que la vie renfermait encore d'infinies possibilités de changement.

ACHEVÉ D'IMPRIMER SUR LES PRESSES
DE COX & WYMAN LTD. (ANGLETERRE)

N° d'édition : 2003
Dépôt légal : juin 1990